アバター

山田悠介

角川文庫 17825

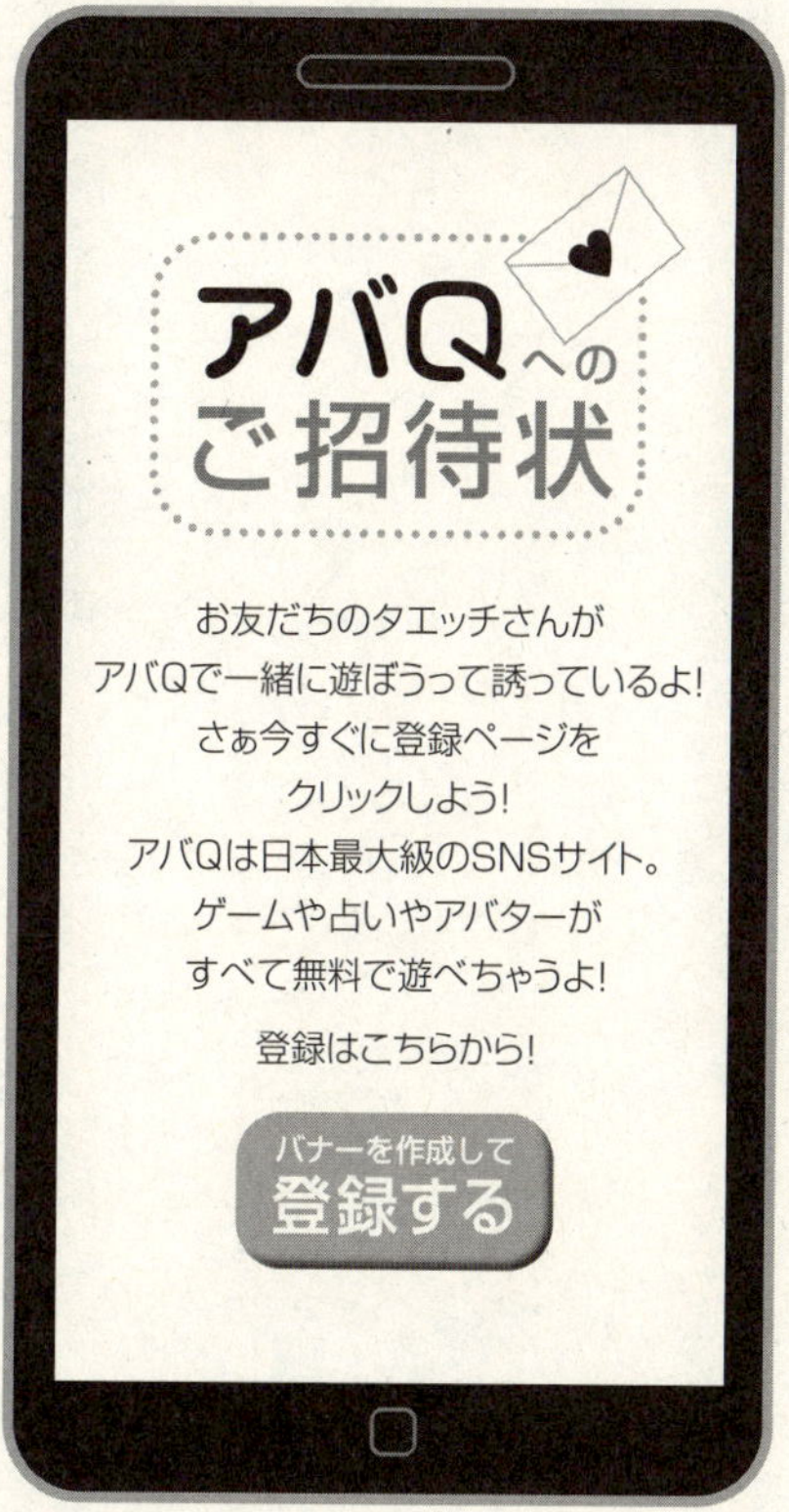
アバQへのご招待状
お友だちのタエッチさんが
アバQで一緒に遊ぼうって誘っているよ!
さぁ今すぐに登録ページを
クリックしよう!
アバQは日本最大級のSNSサイト。
ゲームや占いやアバターが
すべて無料で遊べちゃうよ!
登録はこちらから!
バナーを作成して
登録する

本文扉デザイン／中デザイン事務所

派手なデコレーションメールの題名には大げさにも『招待状』と書かれてあった。『招待状』なんて書いてあるから知らない人間が題名だけを見たらきっと何かの抽選に当たったんだってテンションが上がるかもしれない。

だが私は即刻メールを消したい想いだった。

この派手派手なデコレーションメールを送ってきたのは、同級生の阿波野妙子《あわのたえこ》だ。阿波野は二年連続同じクラスで、電話帳には『ヘビ女』と登録している。本人の前では命令通り『阿波野妙子様』と登録したが家に着いてすぐに『ヘビ女』と書き換えたのだ。阿波野の前でヘビ女なんて言ったらイジメの標的にされて学校で生きていけなくなるから絶対に口が裂けても言えないけれど、メールが来て『ヘビ女』と表示が流れた瞬間たまらない快感がこみ上げ胸がスッとした。ずっと胸に隠していた悪口を思い切って叫んだような気分だった。「王様の耳はロバの耳」という童話で少年が胸に隠していた王様の秘密を穴の中に叫ぶシーンがあるけれど、私はなぜかそのシーンを思いだし少年と同じような気持ちになったのだった。

今日の夜にヘビ女阿波野から携帯専用SNSサイト・アバQの招待状が届くのは分かっていた。昨日私は、かなり遅いが高校二年生にして初めて自分の携帯電話を持つことができた。一円の機種でいいからと母を説得して何とか買ってもらったのだ。うちは貧乏だから本当は携帯なんか買う余裕なんてないのだけれど、私はどうしても自分の携帯電話が欲しかった。

別段誰かと電話やメールをしたいわけではない。私には彼氏は勿論《もちろん》、誰一人として友達がいないから携帯電話は必要な物ではなかった。だから携帯デビューしてまだ二日目とはいえ、千人以上も登録できる電話帳に現在名前があるのは母と『ヘビ女』の二人だけ。機種はどんどん進化しているのに電話はかけない、メールもしない、挙げ句の果てには二人だけしか登録していないんだから携帯だって泣きたいだろう。

用途がないから持つ意味はないのだけれど、それでも私は携帯が欲しかった。平和な学校生活を送るためには形だけでも携帯がどうしても必要だから。中学では携帯がなくても何事もなく普通に学校生活を送れた。でも高校で携帯を持っていないと中学みたいに『影の薄い存在のまま』卒業することは難しい。

高校に上がりクラスで携帯を持っていないのが私だけというのが判明するとたちまちクラス全員からイジられるようになった。イジメではなくイジリだったのが救いだけど、もう少しでイジメに発展するところだった。

例えばわざと私の前で携帯電話で話したり、携帯を持っていないのを知っていて番号やメールアドレスを聞いてきたり、壊れた携帯をあげると言ってきたりするのだ。

今は中学生でもほとんどの子が持っている。高校になると100％といってもいいくらいみんな携帯を持っている。阿波野には携帯も買えない貧乏家庭とまで言われたこともあった。私は反論する勇気もなければ言い訳の言葉すら出なかったが、内心悔しくて、悲しくて、携帯さえあればこんなにイジられることはないし惨めな想いだってしないで済むのになあっていつも思っていた。だからやっと携帯を手に入れた昨日は机の上に立ってクラス全員に自分の携帯を見せつけたい想いだった。勿論そんな勇気はないのだけれど……。

生まれて初めて自分の携帯が持てたことが嬉《うれ》しくて嬉しくて、今日は一日中用もないのに携帯を取り出しては眺め、少しでも汚れていれば息をかけてハンカチで拭《ふ》き、無意味に蓋《ふた》をパカパカと開け閉めしてはお金がかからない範囲で色々な機能を試した。

これでもうイジられることはないし、平穏無事な高校生活を送れると思っていた。

だけど携帯デビューしたことが阿波野に知れると奴はすぐにメールアドレスだけを聞いてきた。それが、この『招待状』を送るためだ。

ＳＮＳサイトのくせに何が『招待状』だよ偉そうに。『招待状』とつけることでプレミアム感を演出しているのかもしれないけど誰だって入れるんだろう。

『タエッチさんが一緒に遊ぼうって誘っているよ！　さあ今すぐに登録ページをクリックしよう！』

阿波野が『タエッチ』というハンドルネームだということを初めて知った。妙子だからタエッチか。そのまんまじゃん。

本文の下にはSNSサイトのメインキャラクターであろう、五匹の白猫たちが無邪気に踊りながら手招きしている。さあ君も夢の世界へおいでよ！　って可愛い声が今にも聞こえてきそうだ。

派手なメールと楽しそうな猫たちとは裏腹に私は登録するのが憂鬱《ゆううつ》だった。

これは地獄への入口で、SNSサイトに入会するにはかなりのお金が必要なのではないか。あの女のことだから私を何かの罠《わな》にはめようとしているのではないか。翌月莫大《ばくだい》な利用請求がきてそのせいで家庭が崩壊するかもしれない……。

お金のことばかりが脳裏をかすめるが決して断ることは許されない。なぜなら五匹の猫たちが踊っている下に阿波野からの恐ろしいメッセージが添えられてあったからだ。

『招待状送ってやったぞ。私の紹介で入れるんだからありがたいと思えよ。十五分以内に入会しないと明日どうなるかわかっているんだろうな』

最後の『どうなるかわかっているんだろうな』という言い方は阿波野の口癖だった。命令する時阿波野は必ずそう言って脅してくる。自分の思い通りにならないと気が済まない性格で、少しでも刃向かった人間はクラスの輪から排除する。阿波野はクラスの女王だ。みんなもそれを知っている。本当に嫌な女だが、阿波野の命令は絶対だ。情けないけど平和に生きていくためには全て従うしかなかった。

仕方なく私はURLコードをクリックして登録ページに進んだ。

一ページ目からアバQは大歓迎だった。煌《きら》びやかな背景に、

『アバQへようこそ!』

と色とりどりの文字が躍っている。その下に入会するための規約が書かれており、私はそれを丁寧に読んでいった。アバQに入会するのに一切料金は発生しないと書かれてあるのを見て私は安堵《あんど》した。入会した後にお金がかかる可能性はあるが、遊ばなければ問題はなさそうだった。私は利用規約に同意して次のページをクリックした。

その後の手続きは意外にも簡単だった。アバQの案内通り記入欄に書き込んでいった。

まずはハンドルネームからだった。SNSサイトではハンドルネームが一番重要の

ようだけど私はこれ以上アバQを触るつもりはなかったし、いい名前も考えつかなかったから、

『ミチコ』

と本名を記入した。次に年齢を『16』と記入し、住んでいる場所を記入した。

『神奈川県港南区《こうなん》』

趣味は迷ったが、もしかしたら阿波野に見られるかもしれないから一応『読書』と当たり障りのないのを選んだ。

星座は『蟹《かに》座』と書き、血液型は『A型』と書いた。そして最後のメッセージ欄には、『初めてで何も分からないですがよろしくお願いします』

と適当にメッセージを書き次のページに移動した。

これで一応仮登録が終了したらしく、最後に指定されたメールアドレスをクリックして空メールを送れば登録完了らしかった。阿波野からメールがきて既に十二分が経過していたので私はすぐに空メールを送信し、すぐさま送られてきたアバQからのURLコードをクリックした。

最初のページはメインページではなく、今日一日のニュースや注目の情報やお知らせなどといった項目があり、更にその下には無料ゲームがズラリと並んでいた。無料なだけあって見るからにチープなゲームばかりだ。そもそも私はゲームには全く興味

がないから触ることもしなかった。

メインページをクリックすると、

『ミチコさんのマイページ』

と画面が出てきて、上から順番に『友達リスト』『日記を書く』『メール送信』『友達希望』『アイテムバッグ』『サークル』とあり、その横に白いTシャツにピンク色の短パン姿の女の子が手を広げて立っている。背景はねずみ色一色で何とも寂しい感じだった。

これが『アバター』であることはさすがの私にも分かった。アバQにはアバGといったバーチャルマネーがあり、そのアバGを使ってアバターに服を着させたり装飾品をつけたり背景を変えたりすることができるらしいのだ。簡単に言えば着せ替え人形だが、これが今私の学校で大流行している。アバターをやっていない生徒はいないといっても過言ではないくらいみんなアバターに熱中している。無論うちの学校だけではない。この前ニュースで今アバターが社会現象になっていると伝えていた。アバターが身につけることができるアイテムは5000を超え、ユーザーを飽きさせないために毎日新アイテムがどんどん更新されているそうだ。だからアバターにはクリアなんてなくて、次々と出てくる新アイテムをゲットするのにみんな躍起だ。クラスでは仲間内で自慢のアバターを見せ合っている光景をよく目にする。新アイテムを手に入れた者は誇らしげになり、見せつけられた者は心底欲しそうな目で画面を見つめる。でも同じアイテムを手に入れたって意味はないから、更にいいアイテムをゲットしてやろうと必死になる。私はそんな彼らをいつも遠くでぼんやりと見ていた。ただの着せ替え人形なのに何が面白いんだろうって思っていた。でも……。

こうして自分のアバターを作ってみると、何か服を着せてみたいという衝動にかられるから不思議だった。画面にはTシャツ短パン姿の女の子が笑顔で手を広げているが、さあ早く私に洋服を着させてって言っているようだった。

アイテムは有料だけど、登録した時に500GがアバQからプレゼントされた。この500Gでどれだけの物が買えるかは全く見当がつかないけれど、とりあえずアイテムショップを見てみようかな……。

私は『アイテムショップ』にカーソルを合わせたがクリックする寸前で指を止めた。急に阿波野の顔が脳裏をかすめ、あのヘビのような鋭い目に睨《にら》まれた瞬間悪い胸騒ぎがしたのだ。

やっぱり、やめておこう。

アバターに服を着せて可愛らしくしてみたいけど、阿波野にアバターを見られたら馬鹿にされるに決まってる。いや馬鹿にされるだけならまだいい。

その日たまたま機嫌が悪くて、お前なんかがアバターやるなんて生意気なんだよって言われて、携帯まで折られて、もしかしたらアバターが原因でイジメの標的になるかもしれない……。

何もいじらずTシャツ短パン姿のままにしておけば、相変わらず暗くてつまらねえ奴だなって言われるだけで済むだろう。それはそれで悔しいけど、イジメられるよりはずっとましだ。

アバターに洋服すら着せる勇気がないなんて本当に情けないけど、私は今まで通り目立たずにひっそりと生きていきたい。影の薄い存在でいればずっと平和に暮らせるんだから。

いいんだ。私みたいな女はTシャツ短パンのままの方が似合ってるから。

アバQをログアウトし携帯を閉じた私は部屋の時計を見た。十時を回ったばかりだからまだまだ寝る時間ではないが、私はパジャマに着替え畳の上に布団を敷いてタオルケットを被《かぶ》った。

これで準備完了、お楽しみタイムの始まりだ！

私はタオルケットの中から顔を出しコンビニの袋から今日発売された『キュート五月号』を手に取った。先ほど近くのコンビニで買ってきたのだ。五月号はキュートモデルが勢揃いした表紙になっている。みんな綺麗《きれい》でスタイルが良くてかっこよすぎる。とても同じ人間とは思えない。私はブスで背が低くてダサイから、モデルさんたちが私を見たらきっと気の毒に思うんだろうなあ。

でもいいんだ。私はモデルになりたいわけではないから。こんな私がファッション雑誌を読むなんて全然似合わないけど、私はモデルさんたちを見たいのではなくモデルさんたちが着ている洋服が見たいんだ。

毎月発売されるキュートを読むのが私の密《ひそ》かな楽しみだった。毎月のお小遣いが二千円でキュートが約千円もするから半分近く飛んでしまうのだけれどここ一年は欠かさず買っている。キュートを読むのが私にとっては唯一の楽しみだから今日は特別な夜だった。

表紙をめくる前からすでに私の期待はパンパンに膨れ上がった風船のようになっている。今月号はどんな洋服が載っているんだろう。私は子供みたいに足をばたばたとさせながら表紙をめくった。

一ページ目はキュート専属モデルが新作ワンピースを着て南国の砂浜で無邪気に遊んでいる写真だった。今流行の総柄でチューブトップのマキシ丈ワンピースだ。とても鮮やかなターコイズブルーでまさに南国リゾートのイメージにぴったりだ。

次のページもモデルさんがワンピースを着た写真だ。一ページ目とは対照的に白のミニワンピースだがハイウエストの切り替えで上下の柄が違いとても凝った作りとなっている。

どちらの洋服も素晴らしくて私はついついうっとりとなった。こういうデザイン、配色もあるのかって勉強しながら次のページをめくった。

ああ、私もここに出ているような斬新《ざんしん》な洋服を作ってみたい。いい洋服をいっぱい作ってたくさんの人たちを喜ばせたい。自分がデザインした洋服を着ている人を街中で見たらきっと幸せだろうな……。

実は私は……夢を語るのは照れくさいけど、将来ファッションデザイナーになりたいと思っている。こんな私がファッションデザイナーなんて似合わないから恥ずかしくて母にすら言ったことがないけれど、中学の時から密かにファッションデザイナーになりたいと夢を抱いていた。

きっかけは中学三年生の家庭科の授業。その時に作ったTシャツとロングスカートを見た先生は、とてもいいわ、あなたセンスがあるんじゃないかしらって褒めてくれて、それ以来私は洋服が大好きになり、色々な洋服を見ていくうちに将来はファッションデザイナーになりたいと思うようになった。

でもただ夢を抱いているだけで本格的に勉強をしているわけではないから勿論《もちろん》知識も技術も全くない。だから高校を卒業したら専門学校に行きたいけれど、家にはお金がないから……卒業後すぐには行けないと思う。

母には決して言えないけれど、正直お洒落《しゃれ》だってしたい。けれどそれもなかなか難しくていつも同じ洋服ばかり着ている。本当はバイトをして洋服を買いたいけれど学校がバイトを禁止しているから諦《あきら》めるしかない。

だから今はこうして雑誌を見たり、休みの日にはショッピングモールへ行って洋服を見て自分なりに勉強している。

あの時先生が言ってくれたように自分には本当にセンスがあるのかは分からないけど、いつか有名なデザイナーになってみんなを喜ばせたい。そしていっぱいお金を稼いで毎日私のために働いてくれる母を楽させてあげたいって思っている。

メールが届いたのはちょうどキュートを一通り読み終えた直後だった。母は隣の部屋で寝ているから阿波野かなって思ったけどそうではなかった。画面を見るとアバQからミニメールが送られてきたようだった。

私は雑誌を机の中にしまってアバQにログインしメールを開いた。

『ミチコさんこんばんは！　アバQのアキです！　今日はアバQに登録してくれてどうもありがとう！　新しいお友達ができてとても嬉《うれ》しいよ！　ところでミチコさんは自分のアバターに服を着させたかな？　まだなら500Gをプレゼントしたから早速服を着せてみよう！　着替え終わったら早速友達に自慢するのだ！』

私の目は携帯の画面を見ているが脳裏にはTシャツ短パン姿の女の子が映っていた。アバターのことは忘れたはずなのに思い出すとやっぱり服を着せてみたいという気持ちになる。ファッション雑誌を見た後だから余計コーディネートしてあげたくなった。

さすがにTシャツ短パンは可哀相すぎるよね……。

阿波野の存在が恐いけど、阿波野には携帯を見られなければいいわけだし、やっぱりちょっとアイテムを買ってみようかな。

マイページを選択するとTシャツ短パン姿のアバターが画面に現れた。すぐに服を着せてあげようと思っても、初心者の私にはどこでどうアイテムを買ったらよいのか分からず、適当に『アイテムバッグ』を選んだ。すると『買い物に行く』という項目があり、これに違いないとボタンを押した。間もなく『アバターショップ』と文字が出てきて、下にスクロールしていくとアイテム別に大きく分類されていた。

まずは新着一覧が先頭にあり、その下に『顔』『髪型』『背景』『スーツ』『ゴスロリ』『コスプレ』『カジかわ』『姫かわ』『エロかわ』『セレブかわ』『スポーツ』『制服』『バッグ』『メガネ』『アクセ』『小物』『帽子』『ペット』『楽器』『高級品』の順で並んでいる。想像していたよりも遥《はる》かに多くの種類が存在したのでこの中から気に入った洋服を選ぶのはかなり時間がかかりそうだった。

最初に気になったのは『コスプレ』だった。

まさか『コスプレ』まであるなんて想像すらしていなかったからだ。あまりに『コスプレ』が気になったので買うつもりはないけど見てみることにした。

コスプレだけでも全656アイテムもあり、あまりに多すぎて全て見ることはしなかったが、『パンダの着ぐるみ』や『クマの着ぐるみ』。動物だけではなく『ガイコツタイツ』や『サンタクロース』や『ユキダルマ』。全身がジュースのカップに包まれてしまう『なりきりシェイク』や『エビフライ』や『おにぎりくん』といった様々なコスプレアイテムが存在し、全て試着できるのが面白かった。

次に私は、これも買うつもりはないけど『高級品』を見てみた。これは主にアバターの後ろに置く物らしく、全267アイテム。これもまた様々な種類があったけど特に印象に残ったのが、『高級車』と『クマの置物』と『ミラーボール』と『惑星』だ。

もっと面白いアイテムがいっぱいあるんだろうけど、『コスプレ』と『高級品』の一部を見ただけで早くも一時間も経過しており、こんな調子では朝になってもTシャツ短パン姿のままだと、そろそろ意識を購入モードに切り替えた。

なのにもかかわらずまた買うつもりのない『ペット』が気になり、その次は『楽器』を見てしまい、気づけば時計の針は二時半を回っていた。普段ならとっくに寝ている時間だが、むしろ身体は熱くなり、胸は興奮し、夢中になって携帯画面を見続けている。アイテムを見ているだけでも楽しくて全く飽きないのだ。

　これは仮想の世界だけれど、ある意味仮想の世界ではない。みんなアバターを自分の分身、もしくは自分自身と思いこんでいるから着せ替えに熱くなるのではないかと思った。みんなが夢中になる気持ちが分かるような気がする。

　私もいつしかその一人となっていたからだ。最初は着せ替え人形程度にしか思っていなかったけれど、アイテムを試着していると段々自分自身が試着しているような感覚になってきて、Tシャツ短パンの姿を見れば見るほど何だか自分自身がTシャツ短パン姿のような気がして恥ずかしくなってきたのだ。『ミチコ』という名前をつけてしまったから余計にそう思うのかもしれない。

　早く服を着せよう。

　私は『スーツ』『制服』『カジかわ』『セレブかわ』『スポーツ』の中から服を選ぼうとしたが、また一つずつ見ていくと本当に朝になってしまいそうなので『新着一覧』から決めることにした。

　新着一覧をクリックするとまたズラリと色々なアイテムが並んだ。新着は全120アイテムあり、洋服和服は40種類だった。その40種類全てを見ていったが、上下別々に買おうとするとGが足りなくなる可能性もあるので『セット服』を選び更に絞り込んだ。

セット服は全15アイテムあり、和服も意外と良かったのだがやはり最初は洋服を選ぶことにした。『ダウンセット』『フラワーチュニックミニワンピ』『レースキャミワンピ』など色々あるが、私はその中で『レース刺繍《ししゅう》ワンピ・黒』に一目惚《ひとめぼ》れした。スカートがふんわりとしているところが特にお気に入りでとても可愛らしいアイテムだ。

早速試着ボタンを押し、『レース刺繍ワンピ・黒』を着せてみた。Tシャツ短パン姿だったアバターが急にお洒落になって私はとても嬉しい気分になった。『レース刺繍ワンピ・黒』は300Gとかなり高めだけど迷うことなく購入した。だが、まだまだ地味なのでもう一品何か欲しかった。残り200G。絞り込む前の新着一覧に戻ると同じページに『麦わら帽子』と『ハートのネックレス』があり、『レース刺繍ワンピ・黒』に似合いそうなので私はどちらも欲しかったんだけど残念ながら両方とも200Gもするのでどちらか一個しか買えなかった。

私は一時間も迷った末『麦わら帽子』を購入した。試着した時に『麦わら帽子』の方がネックレスよりも目立ったからだ。

四時間以上かけて買い物を終え、悩みまくって購入した二品をアバターに着せたから恥ずかしい姿ではなくなったが私は未練が残った。

これでアバGは0Gになってしまったから言うまでもなく何も買えないが私はどう

しても『ハートのネックレス』が欲しかった。『レース刺繍ワンピ・黒』と『麦わら帽子』だけで随分と印象が変わり、一時は満足したが買い物を終えるとまだまだ地味に思える。

絶対に『ハートのネックレス』が欲しい。

どうすればGが手に入るんだろう……。

画面を適当にスクロールすると『友達紹介』というのを見つけ、その下に『アバQに友達を呼んでGをゲット！』と書かれてあった。

どうやら友達に招待状を送り、その友達が入会すれば300Gも手に入るそうなのだ。

この時初めて阿波野の意図を知った。阿波野はこの300Gが欲しくて私に招待状を送ってきたのだ。

阿波野に300Gもの大金が入ったと思うと腹が立ったがそれよりも強い気持ちが私を支配していた。私もGが欲しい。でも私には友達が一人もいないから招待状を送る人物がいない。

このままじゃアバターも私同様地味のままだ。私がブスでダサイから、せめてアバターくらいは着飾らせたい……。

＊

まだ夢と現実の間だが時計を見た私はタオルケットをはいで飛び起きた。

まずい寝坊した！

昨夜アバQに熱中しすぎて寝たのが朝方だったから目覚ましの音に気づかず馬鹿なことに三十分も寝坊してしまった。

まずい、まずすぎる。

学校に遅れて行ったら阿波野に目をつけられる。生意気に遅刻なんてしてんじゃねえよって言われてその後何されるか……。

イジられるだけならまだいいけど、寝坊がきっかけでイジメになんてなったらたまったもんじゃない。

急いで支度をして制服に着替えた私は部屋を飛び出た。普段から顔は洗わないし歯も磨かないけど朝ご飯だけはきっちり食べるようにしている。母は毎朝七時前に家を出るからいつも台所に朝食とお弁当を用意してくれているんだけれど今日は全部食べる時間なんてなかった。

今朝はおにぎりと柳葉魚《ししゃも》と卵焼きが用意されていたけど私はおにぎりだけを片手に

家を出た。

　自宅から学校まで自転車で二十分くらいだが今日は飛ばしに飛ばしたから十五分で到着し何とかギリギリ間に合った。

　二年A組は朝から何やら盛り上がっていた。教室の扉を開けると阿波野の席に人だかりができていた。囲んでいるのは全員女子で、阿波野の姿は全く見えない。何が起こっているのか知らないけど、私の席は阿波野の前にあるから人混みが邪魔で座ろうにも座れない。急いで学校に来たから足がクタクタだけど掻《か》き分けて座る勇気は当然私にはなかった。

「妙子様おめでとうございます。これで更にアバターが美しくなりましたね。私本当に羨《うらや》ましいです」

「私も妙子様のようにもっともっとアバターを華やかにしていきたいです」

　声しか聞こえてこないがクラスで『妙子様』と呼ぶのは片山《かたやま》理恵《りえ》と仮屋《かりや》由布子《ゆうこ》だけだった。この二人は阿波野のお付きだ。いつも背後にぴったりくっついている金魚のフンだ。

「阿波野様、もう一度レアアイテムを見せてください」

　ある一人が言うと、

「いいわよ。さあ好きなだけ見てちょうだい」

と阿波野の偉そうな声が聞こえてきた。

どうやら阿波野がアバQで『レアアイテム』という物を手に入れたらしい。よほどのアイテムらしく女子たちの興奮は凄《すご》かった。

アバQをやる前の私だったら、そんな物でいちいち騒いで馬鹿馬鹿しいって思っていただろうけど、今は見てみたいという想いが膨らんでいた。

一体レアアイテムってどんな物なんだろう……。

阿波野が女子たちにアバターを見せたらしく教室に大きな歓声とどよめきが起こった。

「いいなあそのレアアイテム」

「綺麗《きれい》っていうか、何かセクシーですよね」

「私も欲しい！」

「どうやったらそんなに良いアイテムばかり手にはいるんですか？」

「教えてください！」

「私も！」

「私も知りたいです！」

「阿波野様お願いします！」

最後は全員で、

「お願いします！」

と声を揃えた。みんな目が必死で何かに取り憑《つ》かれているかのようだった。ニュースで報道される宗教団体を見ているようだった。

「簡単よ。いつも言ってるじゃない。たくさんのGがあれば手に入るのよ」

「それでもなかなかレアアイテムは手に入らないですよ」

「阿波野様は選ばれた人なんですよきっと」

賞賛の嵐に機嫌をよくした阿波野は言った。

「いいわ。昨日新しいレアアイテムを手に入れたから、これまで着せてたレアアイテムを誰か一人にあげるわ」

言った途端全員が手を挙げた。

「私にください！」

「いや私にください！」

「阿波野様お願いします！」

「阿波野様のために何でもしますからお願いします、私にください！」

「お願いします！」

「お願いします！」

「お願いします！」

その時、阿波野の顔が隙間から見えた。阿波野は舌なめずりして満足そうに笑っていた。まるでこの世は私のものよといったような顔だった。

私はヘビに似たその顔が大嫌いだった。阿波野は舌を出すのが癖で、それを見た瞬間鳥肌が立つ。

なぜこんなヘビ女に従わなければならないんだろう。

私は気づかれないように隙間から睨《にら》むように見た。こんな奴がいなければ私は毎日怯《おび》えることなくずっと平和に暮らしていけるのに……。

阿波野は一年の初めから女王だった。親が暴力団とか政治家とか超大金持ちとかそういうわけではない。確かに阿波野は統率力と威圧感を兼ね備えているがそれだけではこの学校では女王にはなれない。

誰よりもアバターが華やかで、誰よりも多くのアイテムを持っているから女王なのだ。たったそれだけでこの学校では女王になれる。

新アイテム、レアアイテムを手に入れるとみんなが賞賛し崇拝する。阿波野はずっと女王の座を守ってきた。今では『様』までつけるほどみんな阿波野を崇《あが》めている。クラスの女子たちを見るたび思うのだけれど、ここまでくるともう洗脳に近かった。レアアイテムと引き替えに阿波野が何か命令したら実行に移すだろう。そう思えるくらい阿波野を見る時の彼女たちの目は恐い。

隙間から見えている阿波野の目がふと私を捕らえた。私はすぐに目を伏せたが遅かった。人混みを掻き分け阿波野がやってくる。後ろには片山と仮屋がぴったりとくっつき、にやにやと嫌な笑みを浮かべている。

「おいアブコ」

阿波野が私を呼んだ。阿武隈川道子《あぶくまがわみちこ》だから『アブコ』だ。口が裂けても言えないが、私はこのあだ名が大嫌いだった。こいつのせいでみんなが私を『アブコ』と呼ぶ。

「教室に入ったらまず私に挨拶《あいさつ》しに来るよういつも言っているだろう」

私は一切言い訳せず頭を下げた。

「阿波野様おはようございます」

「まあいい、今日は凄く機嫌がいいから許してやる」

「ありがとうございます」

「昨日はちゃんと十五分以内にアバQの登録をしたみたいだな」

「はい」

当然だが阿波野からはお礼の一言もなかった。私のおかげで300Gも手に入ったくせに！

「どうだ、なかなか楽しいだろう？」

「はい」

阿波野はいきなり私に右手を出した。

「お前のアバター見せてみろ」

「いえ、何もいじってませんから」

「いいから見せろ。見せないとどうなるか分かってるだろうな」

阿波野は言って片山と仮屋に指示した。私は抵抗するつもりはないのに片山に身体を押さえられた。仮屋が私のポケットをまさぐり携帯を奪った。

阿波野は勝手に携帯を操作しアバQに繋《つな》いだ。私のアバターを見た阿波野は愉快そうに笑った。

「何だ、Tシャツ短パンのままじゃないか。お前にはお似合いだよ」

実は教室に入る前昨夜購入した二品は外しておいたのだ。Tシャツ短パン姿のままなら笑われてそれで済むだろうと思ったのだ。

だが阿波野は甘くなかった。私のアイテムバッグを見たらしく、急に顔つきが鋭く変化した。

「いっちょ前にワンピと麦わら帽なんて買ってんじゃねえよ」

「すみません」

阿波野は勝手にワンピと麦わら帽子を着せて私に見せた。

「お前に似てダッセーアバターだな。何だこれ。チョイスが古いし地味だし、お前全然センスねえよ。Tシャツ短パンの方がまだマシだろ」

片山と仮屋が大声で笑った。私も一緒になってへらへらしていたけど内心悔しくてたまらなかった。

仕方ないんだ、本当はもっと色々着せたいけどGがないんだから……。

「今日は特別に私のアバターを見せてやるよ」

阿波野はそう言って自分のアバターを見せつけてきた。一瞬見ただけで私のアバターとは全然違うのが分かった。何よりまず派手さが違う。

背景はヨーロッパ風の白いお城で空からはたくさんの粉雪が降っている。センターには銀色のウェーブヘアーの女の子が両手を広げ自信ありげに立っており、ひらひらと風で舞う銀白色の煌《きら》びやかなドレスを身に纏《まと》っている。頭には白い冠をかぶり、右手には銀色に輝く杖《つえ》を持ち、足元には白いライオンが座っていて咆哮《ほうこう》を繰り返している。

全体的に白と銀を強調した華やかなアバターだった。城にドレスに冠は、女王らしいアイテムだ。

「どうだアブコ、私のアバターは美しいだろう」

私は見とれたまま返事するのも忘れていた。

「昨日『合成』でその『クリスタルドレス』を手に入れたんだ。レアアイテムだからねえ、Gがあってもなかなか手に入れられない代物だ」

「合成……ですか」

「購入した品を合成させるんだ」

後ろから片山が言った。昨夜はショップばかり見ていたから合成というものがあるなんて知らなかった。もっとも私はまだ二品しかないから合成なんて関係ないのだけれど。

私はまだ阿波野のアバターに釘付《くぎづ》けになっていた。ここまで華やかにするのに一体どれくらいのGが必要なんだろう。昨夜買った『レース刺繍《ししゅう》ワンピ・黒』が300Gで、友達一人紹介してやっと300Gだから、相当なGが必要だろう。

悔しいけど、正直私は阿波野のアバターが羨《うらや》ましいなって思っていた。

私も阿波野みたいにアバターを華やかにしてみたい。まずは昨夜から欲しいと思っている『ハートのネックレス』だ。ネックレスを手に入れたら、顔をもっと可愛くしたい。私が一重で目が細いから、目がパッチリしている顔がいい。髪型だってもっとお洒落《しゃれ》にしたい。私が黒髪でくせ毛だから、茶色でロングストレートがいいな。

背景は何がいいだろう。今のアバターにマッチした風景が必ずあるはずだ。

手には何を持とうかな。ワンピに合ったバッグがいいな。Gに余裕ができたらペットだって飼いたい。今は高級品なんて夢のまた夢だけどいつかは高級品を背後に置きたい！

妄想では豪華なアバターができあがったが現実はTシャツ短パンのアバターだ。その姿を見ているとてもむなしく、そして恥ずかしい気持ちになった。

「おいアブコ」

「は、はい」

「お前に一つアイテムをやろうか」

どういう風の吹き回しか、阿波野がいきなりそう言った。

「え、本当ですか！」

「今日は機嫌がいいから特別にプレゼントしてやる」

阿波野はそう言って慣れた手つきで携帯を操作した。

「ほら見てみな」

私は自分の携帯を受け取り画面を見た。

『タエッチさんからプレゼントがあるよ』

と表示されており、そこをクリックすると『豚の着ぐるみ』がアイテムバッグに追加されていた。それを横から見ていた片山と仮屋が大笑いした。

「お前には豚のかぶり物が一番似合うよ」

馬鹿にしやがって。いらないよこんな物、と思いながらも、

「ありがとうございます」

と頭を下げている自分が本当に情けなかった。

「また良い物が手に入ったらプレゼントしてやるよ」

そう言って阿波野は自分の席に戻っていった。そこでちょうど担任の溝口弘《みぞぐちひろし》がやってきた。

「起立！」

号令をかけたのは阿波野だ。阿波野はクラスの学級委員でもある。教師が来た途端に優等生の顔に切り替わるのだ。だから教師の間では阿波野は非常に信頼されている。普段の顔を写真に撮って職員室にばらまいてみたいわ。

溝口は出席をとった後、みんなに中間テストが近いことを告げて教室を出て行った。

そして溝口と入れ替わるようにして西園寺真琴《さいおんじまこと》が幽霊のようにスーッと入ってきた。

昔井戸から女が出てくる映画があったが、西園寺を見るといつもあのシーンを思いだす。

西園寺は長い髪をダラリと下げ、俯《うつむ》いたままゆっくりと自分の席に着いた。長い髪から顔が覗《のぞ》いた瞬間私は寒気がして鳥肌が立った。今朝も酷《ひど》く顔色が悪く、爬虫類《はちゅう》のような目をキョロキョロとさせている。常に挙動不審の西園寺はまた立ち上がって扉に歩を進めた。

阿波野は西園寺をじっと見据え、廊下に教師がいないのを確認すると再びヘビの顔つきに変わった。

「おい西園寺」

阿波野に呼ばれても西園寺は無視だった。

「おい止まれ！」

声を張り上げるとやっと西園寺は歩みを止めた。

「生意気に遅刻か、ええ？」

今日も西園寺イジメが始まった。私は横目でその様子をうかがった。

「こっち向けよ、幽霊女」

阿波野がそう呼ぶと西園寺はゆっくりと顔を上げた。

「何だよその目は。何か文句あるのか？」

西園寺は無反応のまま阿波野を見ている。

「相変わらずムカツク野郎だね」

阿波野はそう言って後ろの片山と仮屋に目で合図した。片山は黒板消しを、仮屋は木工ボンドを持ってきた。

阿波野が顎《あご》を突き出して命令すると片山は西園寺の頭の上で黒板消しを叩《たた》きチョークの粉を落とした。西園寺の頭は白くなり、一気に年寄りのようになった。仮屋は西園寺の椅子に木工ボンドをマヨネーズのようにたらしてゲラゲラと笑った。

「本当に幽霊みたいだねえ。お前みたいな奴、早く死ねばいいんだ」

阿波野は憎しみを込めるように言って、また舌なめずりしながらほくそ笑んだ。西園寺は文句を言うどころか睨《にら》むこともせずチョークの粉を払うと掃除用具入れから雑巾《ぞうきん》を手に取り自分の椅子を無言のまま拭《ふ》いた。

やっと木工ボンドが取れると西園寺は何事もなかったかのように着席した。しかしその態度に阿波野は余計腹を立てたようだった。

「こいつ……マジで殺してやろうか」

そう言うと阿波野は後ろから西園寺の頭を思い切り蹴飛《けと》ばした。派手に倒れた西園寺は立ち上がろうとするが阿波野が頭をグリグリと踏んづけた。

「痛いか？　ええ？　痛いだろう。苦しめ苦しめ！」

それでも西園寺は無言のままだった。阿波野は舌打ちして片山と仮屋にも暴行するよう命令した。片山と仮屋は分かりましたと返事して、亀のようになっている西園寺の頭や顔や腹を血が出るまで蹴り続けた。

「死ね西園寺！　死ね死ね死ね！　いつも言ってるだろう、私の前から早く消えろって！　いつになったら死ぬんだよお前は！」

我を忘れたように執拗《しつよう》に暴行を繰り返す阿波野はピタと動作を止めて自分の席に戻

った。その直後、一時限目の教科担任がやってきた。

阿波野の顔はすでに優等生の顔に切り替わっていた。西園寺は一切表情を変えず机の中から教科書を取りだした。私は西園寺のその姿を見ていると気の毒で仕方なかった。

西園寺に対してイジメが始まったのは入学してすぐの頃だったと思う。一年生の時は阿波野と西園寺は別クラスで中学も別々だったらしいが、阿波野はなぜか西園寺をイジメの標的にした。確かに西園寺は不気味だし、目つきは悪いし、不潔だし、他にもイジメられる要素がたくさんあるけれど、それにしても阿波野はかなり執拗に攻撃するのだ。一年以上も毎日こんな状態だが西園寺は学校を辞めるどころか休むこともせず登校してくる。死んでも死んでも現れる妖怪《ようかい》のように。私ならこんな毎日絶対に耐えられないから二週間で辞めている。自分が西園寺だったらと思うとゾッとする。

いや、その可能性は十分にあった。私だってイジメられる側の人間だ。もし西園寺がいなければ阿波野の目は私に向いていたかもしれないのだ。

西園寺には申し訳ないけど、彼女がいるから私はイジメられることなく助かっているのかもしれない……。

心の声が聞こえたのか、隣の隣に座る西園寺の目がいきなりこちらを向いた。私はすぐに視線をそらし教科書を見た。

まだ西園寺の視線を感じる。私は心臓が暴れ汗がダラダラと流れてきた。

まだ見てる。

でも私は絶対に目を合わせなかった。西園寺と友達だなんて思われたら私だってイジメの標的にされてしまうから。


思い出したくもないけど私は小学生の頃にクラス全員からイジメを受けていた。自分で言うのもなんだけれど昔は明るくて、好奇心旺盛《おうせい》で、クラスではかなり目立った存在だった。今とは違い友達もかなり多かった。

道子ちゃん、一緒に帰ろうよ、今日一緒に遊ぼうよって毎日のように誘われていたくらいだ。

でもある日を境にその友達が敵に変わった。

明るい性格が災いして人気者から一転いきなりイジメのターゲットになったのだ。

集団イジメが始まったのは小学三年生の初めの頃だった。二年に一度のクラス替えがあり、私はたくさんの友達が欲しくていつものように色々な子に話しかけていった。男女問わずどんなグループにも積極的に入って、自分から話題を作り、知らない話題が出ても知っているフリして話を合わせ、自分を知ってもらおうと一生懸命努力した。

でもその行動がある男子の目にとまり、出しゃばっていて生意気だと判断されてしまったのだ。その男の子は川田章男《かわだあきお》といって、学年一のガキ大将でみんなが恐れていた。彼の命令は絶対で逆らう者は誰一人としていなかった。

クラス全員に『イジメ命令』が出されたその日から私の学校生活は地獄へと変わった。

西園寺よりも数倍酷いイジメが毎日繰り返された。無視とか言葉の暴力ならまだ耐えられたかもしれないけれど川田はそんなに甘くはなかった。よほど私のことが気に入らなかったのだろう、徹底的に攻撃し私を苦しめた。

彼は私が死んでもいいとさえ思っていたかもしれない。

殴る蹴るは当たり前で、顔以外身体中は痣《あざ》だらけだった。イジメは日毎にエスカレートし、水の入ったバケツに顔を入れられて死にそうになったこともあったし、給食に何か弱毒性の物を入れられたのだろう、救急車で運ばれたこともあった。その他にもたくさんあったがもう思い出したくもない。

私は十日間で登校拒否になり、たまに登校しても保健室で一日を過ごした。イジメの事実は決して親や教師には言わなかった。密告して、みんなに復讐《ふくしゅう》されるのが恐かったから。

保健室で過ごす学校生活が三年間も続き、六年生の時私は毎日こう考えるようになっていた。

もうこんな地獄のような生活は嫌だから中学に入ったら友達を作ろうなんて考えず、一切出しゃばらず三年間暗くて存在感の薄い存在でいようと。

私は友達なんて一人もいらないからとにかく平和に暮らしたかった。幸い川田とは中学が別々だからおとなしくしていればイジメられることはないだろう。

出しゃばらず影の薄い存在でいるんだ。私はそう誓って小学校を卒業した。

それからちょうど二週間後のことだった。これから新たな生活が始まろうとしていた矢先、突然父が倒れてこの世を去った。いつもより少し長めの春休みを過ごし入学式まであと三日と迫った頃だった……。

近所では父は心臓発作が原因で死んだことになっている。でも本当は心臓発作が全ての原因じゃない。

父は殺されたのだ。

もしあの出来事がなければ父は助かったと、私は今でもそう思っている……。

父は隣町の新聞専売所で新聞配達員として働いていた。気が小さいくせにお酒とギャンブルが大好きでたまに荒れることがあったけれど家族のために仕事は一生懸命やってくれていた。

朝早くに家を出て朝刊を配り、家に一旦《いったん》帰ってきてお昼ご飯を食べてまた会社に戻っていく。それが父の一日の流れだった。

その日もいつもと同じだった。午前中の仕事を終え家に帰ってきた父は母の作ったお昼ご飯を食べていた。そしてさあそろそろ午後の仕事に行こうかと立った瞬間急に苦しみだしてその場に倒れたのだ。

あまりに突然のことだったから私はパニック状態になってしまったけれど、母がすぐに119番に連絡して救急車を要請した。

お父さん今救急車を呼んだから大丈夫。もう少しで来るからねって母は父に声をかけ続けていたけれど父に意識はなく、みるみるうちに顔色が青ざめていった。私はもう恐くて見ていられなくて、一秒でも早く救急車が到着するのを祈っていた。

サイレンの音が聞こえてきたのはおよそ十五分後のことだった。

やっと来てくれたと、私と母は玄関に向かい家の扉を開けた。でもすぐそこにいるはずの救急車がなかなか来てくれない。

何をやっているんだと外に出た私と母は驚愕《きょうがく》した。五軒先の早坂宅が車を家の前に出しておりそのせいで道が塞《ふさ》がれ救急車が家まで来られない状況に陥っていたのだ。

家の前の道はかなりの細道で回り道もないから塞がれたら辿《たど》り着くことができないの

だ。

後に知ったことだが、ちょうどその日早坂宅の主人が休みで洗車するために家の前に停車させていたらしい。その場に主人がいればよかったのだがタイミング悪くすぐ近くのコンビニで缶コーヒーを買っている最中だったそうだ。

救急隊は仕方なく走って家にやってきた。父を車に運んでバックで細道を出て病院に向かったが時間的にかなりのロスだった。

結局病院に到着したが間に合わず、二時間後に父は死亡した。四十八歳だった。医者は疲労とストレスが原因だと言っていたけれど私は納得がいかずずっと首を振り続けていた。

私は葬式の最中ずっと早坂を恨んでいた。もしあいつが道を塞がなければ父は助かったんだ。あいつが父を殺したんだと。

決してそのことは口にしなかったけれど母も同じことを思っていたに違いない。

あの出来事から約四年が経つが私は今でも早坂が父を殺したと思っている。早坂宅の前を通るたび怒りが沸き立ち、早く死ねばいいと呪っている。四年の月日が経って母は今どう思っているかは知らないけど、私は一生早坂を恨み続けると思う……。

学校から帰ってきた私は父の遺影が置かれた仏壇の前に座り線香をあげた。

遺影の横には父が大事にしていたゴールドの腕時計が置いてある。父はブランド物には全く興味がなかったけれど、四十歳になった時に記念に買ったのだった。

私は今日も『一応』平和に学校生活を送れたことを父に告げ感謝した後、携帯を開いてアバQにアクセスし父にアバターを見せた。

「お父さん見てよ。これが私のアバター。まだ始めたばかりだから全然だけどね」

私は暇さえあればアバQにアクセスするようになっていた。今日の昼休みに阿波野が見ていないところでアクセスし、その時にサイトのバナー広告をクリックするだけで2Gが入ることを知った。たった2Gだし、一度見た広告は次はカウントされないけれどバナー広告は多数存在する。時間はかかるけれどそれなりに稼げそうだった。休み時間に16G貯まったから今日中に50Gくらいは貯められるかもしれない。目標にしている『ハートのネックレス』まで残り184G。何時間かかったっていい。地道にコツコツ貯めて必ず『ハートのネックレス』を手に入れるんだ。

気づけば私は父の前で正座したまま、携帯の充電がなくなるまでバナー広告クリックを繰り返していた。

玄関の扉が開くと、

「ただいま」

と母の声が聞こえてきた。仕事から帰ってきた母の声は少し疲れていた。

母は保険会社に勤めているのだが、この声の様子だともしかしたら今日も契約が取れなかったのかもしれない。

『最近不景気だからなかなか契約が取れなくて困っているのよ』

とこの前友達に電話で話しているのを偶然聞いてしまったのだ。滅多に愚痴や弱音を吐かない母がそう言うのだからよほど厳しいらしい。

母が保険会社に就職したのは父が死んでから半年後のことだった。最初は近所のスーパーマーケットに就職したのだけれど、友人の紹介で今の保険会社で働かせてもらえることになった。スーパーよりも給料が1・5倍くらいいいからと母は即決したのだけれど、その代わり休みは少ないし毎日朝早くから夜遅くまで仕事が続く。今日も夜の八時を過ぎていた。

母は私の部屋をノックして扉を開けた。

「道子、ただいま」

母が帰ってきても私は出迎えずバナー広告クリックに夢中だった。

「おかえり」

私は画面を見ながら返事した。

「どうしたの。そんな真剣な顔して携帯いじって」

「うん、ちょっとね」

「友達とメール？」

「ううん」

「じゃあゲーム？」

「まあ、そんなところ」

そう答えると母の声色が変わった。

「あんた、お金が掛かるんじゃないでしょうね」

「うん大丈夫。無料サイトだから」

「それならいいけど」

母はそう言って部屋を出て行き台所に向かっていった。

「ねえ道子！」

すぐさま台所から声が聞こえてきた。今度はかなり怒った口調だ。

「何？」

「ちょっと来なさい」

「何よ」

私は携帯の画面を見ながら台所に向かった。母は空っぽの炊飯ジャーを指さしながら言った。

「道子、お米炊いてないじゃない」

そう言われて初めて母の顔を見た。

しまった！　と私は心の中で叫んだ。

Gを貯めることに夢中になりすぎてお米を炊くのをすっかり忘れていた。お米を炊くのと、食器洗いと、お風呂《ふろ》掃除と、ゴミ出しが私の仕事だった。

「ずっと家にいたんでしょう？　何やってるのよ。これじゃあご飯食べるの遅くなっちゃうじゃない」

「……ごめん」

「そんなゲームに夢中になっているからでしょう。その様子じゃお風呂掃除もまだなんでしょう」

怒られている途中で私はハッとなった。

そうだ！　よく考えてみれば母をアバQに紹介できるじゃないか。招待状を送れる人間がこんな身近にいるのにどうして気づかないんだ私は。

「聞いてるの道子」

私は母を遮った。

「ねえねえお母さん、ちょっと携帯かしてくれない」

あまりに唐突に言ったものだから母は拍子抜けしたようだった。

「何よいきなり」

「いいからいいから早く」

「何なのよ」

私は母から携帯を取り上げて母のメールアドレスにアバQのURLを送った。そして母のメールボックスを開きアバQのサイトにアクセスした。

「ちょっと人の携帯で何やってるのよ」

「すぐ終わるから」

私は登録に必要な手続きを勝手に進めていった。ハンドルネーム『アッコ』、年齢『20歳』、地域『北海道』と適当なプロフィールを作り三分足らずで登録を完了させた。

「ちょっと変なサイトに登録したんじゃないでしょうね」

「大丈夫。時々メールが来るけど無視してればいいから」

「メール？　いい加減にしてよ。解約してよ」

私はすぐに解約してもよかったがそれよりも早く『アバQ通帳』を確認したかった。

「変なサイトじゃないから大丈夫」

「お金かかるんじゃないの」

「無料サイトだから」

母に携帯を返し、自分の部屋に戻った私は早速『アバQ通帳』を見てみた。

八時十六分に３００Ｇが入っている。バナー広告クリックで40Ｇも貯めていたから合計３４０Ｇだ。大量にＧを獲得し私の身体は熱を帯びた。バーチャルマネーだけれど実際にお金が入金された感覚だった。

これで念願の『ハートのネックレス』が買える！

早速私はショップで『ハートのネックレス』を購入した。新作のネックレスが出ていたけれど目移りはしなかった。『すぐに着せる』を選択すると、『レース刺繍《ししゅう》ワンピ』に『麦わら帽子』を被《かぶ》った女の子の胸に『ハートのネックレス』がついた。小さくて見えづらいけれど赤く光ったハートがとても可愛らしい。新アイテムを手に入れた私は幸せな気分でいっぱいになった。

しかし手に入ったのは３００Ｇと『ハートのネックレス』だけではなかった。どうやら友達を紹介するとプレゼントアバターが貰《もら》えるらしく、一人紹介するとペットの『ミニ猫』か『デザイン眼鏡』。二人紹介すると『リボンミニドラムバッグ』か『ウエディングドレス』。三人紹介で何と『飛び跳ねる魚たち』という高級品が貰えるらしいのだ。

まだ三つしかアイテムを持っていない私には嬉《うれ》しいシステムだった。

どちらを貰おうか迷った末、私は『ミニ猫』を貰うことにした。早速『ミニ猫』を加えるとアバターの足元にちょこんと『ミニ猫』がついた。アバターの足に身体をスリスリとこすりつけるその動きがとても愛らしくて、私は五分近くも眺めていたのだった。

これで洋服、帽子、アクセサリー、ペットが手に入った。ネックレスで200G使ってしまったけれどまだ140G残っている。

私は迷わず顔を変えることにした。初期の地味な顔は気にくわない。もっと可愛らしい顔にしたかった。

再びショップに行って『整形』を選択すると全280アイテムと出て、ズラリと様々な顔が並んだ。

私は顔にコンプレックスを持っているから顔は特にこだわりたかった。変顔以外全ての顔を選択し試着してみた。

『アイメークバッチ』『おめめ』『ぷくぷくキュート』『ピュアロリータ』『かわなま』『点目キュート』『クールビューティー』『グリーンアイ』『アンニュイ猫目』『くりくり』等々……。

可愛い顔ばかりだから二時間近く迷ったけれど、私は目がパッチリとしていて鼻の高い『プリティーガール』を選択した。これがちょうど140Gだったので全額をはたいて『整形』を行った。

マイプロフィールで確認すると、地味な顔だったアバターが美人に変身していた。

顔が変わっただけでまるで雰囲気が違う。

暗そうな性格をしていたアバターが明るくなったような感じだった。

自分がブスだから、アバターが美人になるととても嬉しい気分になった。

画面をじっと見ていると、不思議なことに私自身が美人になったような気がした。

これでまた0Gになってしまったから何も買えなくなってしまったけれど気分は超最高だった。

髪型と背景が初期のままだからまだまだ地味だけど、アバターは少しずつ可愛らしくなっている。段々私のイメージに近づいている。


再び0Gになってしまった私はまたバナー広告クリックで地道にGを貯める作業を始めた。だが長く繰り返しているとなかなか新しい広告が出てこず、やっと出てきてもたったの2Gだから私は段々苛立《いらだ》ちが募ってきた。

早く次のアイテムが欲しい。どんどんアバターを進化させたい。

もっとたくさんのGが欲しいと脳が欲求し、身体が疼《うず》いている。

もっと手っ取り早くGを稼ぐ方法はないのか調べてみると、まずGをお金で買う方法があることを知った。1000円で1030G。3000円で3300G。500

0円で6000G。10000円で12000Gとなっており、金額が上がればその分お得になっている。

支払い方法は三つあって、携帯電話の利用料と一緒に支払うか、クレジットカードで決済するか、コンビニでWebマネーというプリペイドカードを購入すれば大量のGが手に入る。

私は12000Gという数字に興奮し、一気に妄想が膨らんだ。

12000Gもあれば思いのままに着飾れる。高級品だっていくつも買える。阿波野みたいにたくさんのアイテムを手に入れればもっともっとアバターが可愛くなる！　次はどんな洋服を買おうか。プリティ・ウーマンみたいに色々な服を買い漁《あさ》りたい。背景はどういう風にしよう。高級品はどれにしよう。ああ迷う……。

妄想でテンションは最高潮に達したが、すぐに私は現実に引き戻された。一万円なんてとんでもない。私には千円すら払うことができないのだ。12000Gなんて夢のまた夢だった。

次に私は『サイト登録』でGが貰えることを知った。アバQと提携しているサイトのほとんどが有料となっているけれど、無料サイト登録というのもいくつかある。貰えるGは少ないけれど私は早速どれか登録してみることにした。まず私が最初に選んだのは『アバデパ』というサイトだった。ネットで色々な商品を買えるというサイトだ。

まず『無料登録』をクリックし、IDとパスワードを決めて次のページに移った。その後はアバQに登録した時とほぼ同じ作業だった。名前を決めて、性別を選び、年齢と職業と地域を記入して登録完了だった。すると約五分後にアバターから30Gが手に入りましたとミニメールが届いた。バナー広告でチビチビ貯めていた私には30Gはかなり大きかった。他にもまだ五つも無料サイトがあったので私は全て登録し短時間で190Gを得ることに成功した。通帳を確認すると、先ほどのバナー広告の分があるので202Gになっていた。

私はこの202Gで髪型を変えることにした。背景と迷ったが、やはりアバター自身を変えることの方が先だった。

ショップに行って『髪型』を選ぶと他のアイテム同様たくさんの種類の髪型が画面に出てきた。

私は自分のくせ毛が大嫌いだから最初は茶色いストレートヘアーを選ぼうと思っていたけれど、

『スィートウェービー』『うるるんカール』『ふんわりエアリー』『レイヤーショート』『サイド内巻きカール』『カジュアルレイヤー』等々、改めて見てみるとストレート以外もかなりお洒落《しゃれ》で可愛かった。

また長時間迷った末、私は『ゆる巻きロング・茶』を170Gで購入した。髪を巻き、色を茶色に染めたアバターは急に色気を増して大人っぽく変身した。生まれて一度もこんなお洒落したことがない私は少し照れくさくなった。

少しやりすぎたかな……。

でもいいよね。かなり可愛くなってるよね。自信もっていいよね。

私は再びショップに行って『背景』を選択した。全721アイテムと出て、画面にズラリと背景が並んだ。でも残念ながら残り32Gでは何も買えそうになかった。広告クリックを朝まで頑張ったって買えそうにない。

今日はもう八時間くらいアバQをやっているからさすがに目と身体が疲れている。今日は諦《あきら》めようと、ログオフしようとしたその時だった。私はある新作背景に目を吸い寄せられた。

『ノスタルジックIN南国』だ。

南国の海に夕陽が沈もうとしている背景だった。紅く染まった砂浜には星の貝殻がいくつも散らばっていて、遠い向こうに椰子《やし》の木が二本立っている。何だかロマンチックな背景だった。

私はこの背景に一目惚《ひとめぼ》れした。早速試着してみると、想像通り今のアバターともの凄《すご》く雰囲気が合っていた。今までアバターがポツリと立っているだけだったけれど、背景を組み合わせた途端に物語が次々と浮かんできた。

レース刺繍《ししゅう》ワンピースを着て紅く染まる海辺を歩く私。砂浜に落ちている星の貝殻を拾う私。沈む夕陽を背に砂浜を後にする私。

このアバターにこれ以上の背景はない。

ああ、この背景が欲しい……。

でも値段が230Gだから200Gほど足りない。無料登録できるサイトはもうないし、バナー広告クリックだけでは何日かかるかわからない。

有料サイトに登録するか、お金でGを買えば簡単に購入できるけれどそれはできない。

でもどうしても欲しい。『ノスタルジックIN南国』が欲しい欲しい欲しい！

＊

今日は土曜日だから学校は休校だけれど、私は一日中家事で忙しかった。

午後三時半。一通り家のことが終わると今度は近所のスーパーへ買い物に出かけた。

私は食材が書かれたメモ用紙をポケットから取り出したのだが、そのメモ用紙を見ていると段々『ノスタルジックIN南国』に見えてきた。

実を言うと今日は一日中こんな調子だった。あまりに欲しすぎて昨夜は夢にまで出てきたくらいだ。早く手に入れなければ病んでしまいそうだった。

あれから少しでもGを増やそうとバナー広告クリックを頑張ったのだけれど、結局16Gしか増やせずいつしか眠りに落ちていた。

現在通帳には48Gしかなく、『ノスタルジックIN南国』を購入するにはまだまだ足りない。

ああ今すぐGが欲しい。

一人でもアバQに登録させることができれば300Gも入るからすぐに購入できるのだけれど、私には招待状を送れる友達が一人もいない。

やっぱりバナー広告クリックでコツコツ貯めていくしかないのかなあ。せめてあと五つほど無料登録サイトが増えてくれればいいんだけど……。

買い物を終えスーパーを後にした私は駅前商店街へ歩を進めた。商店街の中にあるクリーニング屋に行って母のスーツを受け取らなければならないのだ。

阿佐ヶ谷《あさがや》紀子《のりこ》を見かけたのは商店街に入る少し手前だった。横顔だけれど間違いない。

阿佐ヶ谷は中学の同級生で、一年生と三年生の時にクラスが一緒だった。阿佐ヶ谷は三年の時、クラスで飼っていた金魚に餌をやる金魚係で、私と同じくらい暗くて地味で目立たない存在だった。ちなみに私は黒板消し係だった。

阿佐ヶ谷は相変わらず無表情で暗かった。背を丸めて商店街の中に入っていく。まるでそこだけ雨が降っているようだった。

私は阿佐ヶ谷の後ろ姿を見つめながら、アバQの登録をしてもらえないかなあって考えていた。

阿佐ヶ谷みたいな子は流行に疎いからきっとまだ登録していないはずだ。同じクラスの時でもほとんど喋《しゃべ》ったことはなかったけれど、彼女なら何となく声をかけやすいし頼みやすい。

でも実際行動に移そうと思うとなかなか身体が動かなかったけれど、300Gを得るためにはなりふりかまってはいられなかった。

私は阿佐ヶ谷の背を追いかけて、勇気を出して呼び止めた。

「阿佐ヶ谷さん」

阿佐ヶ谷はスッと立ち止まり一呼吸置いて振り返った。西園寺みたいに伸ばしっぱなしの髪の毛も相変わらずだった。

彼女は私の顔を見ても無表情のままだ。

「お、お久しぶり」

挨拶《あいさつ》しても阿佐ヶ谷はやはり無反応だった。じっとこちらの目を見ている。

「私のこと、憶《おぼ》えてる？」

恐る恐る聞くと、

「阿武隈川さんでしょ」

と小さな声が聞こえた。

「憶えててくれたんだ。ありがとう」

阿佐ヶ谷はまた私の目をじっと見据えた。私はこの空気が耐えられなくて早速本題に入った。

「あのね、いきなり声をかけてこんなこと言うのも何なんだけれど、阿佐ヶ谷さんにお願いがあるの。実は私今アバQをやっていて、もしよかったら阿佐ヶ谷さんに登録してほしいんだけれど」

あまりよく分かっていないみたいだからアバQの面白さを説得しようとした時、

「馬鹿にしないで」

と阿佐ヶ谷が呟《つぶや》いた。

「え？」

「私だってやってるわ」

意外だったので今度は私の方が反応が遅れた。

「ああ、そうだったの」

「てゆうか、気安く声かけてこないでよ」

阿佐ヶ谷はそう言って去って行った。私は阿佐ヶ谷みたいな奴に気安く声をかけるなと言われたことがショックでしばらくその場から動けなかった。

あの阿佐ヶ谷ですら登録しているんだから『友達紹介』で300Gを獲得するのは本当にもう無理そうだった。

クリーニング屋でスーツを受け取って、またバナー広告クリックで地道に稼ごう。2Gずつでは何日もかかるけど、バナー広告クリックだけでも『ノスタルジックIN南国』は購入できるのだから。

今日は朝まで頑張るぞ、と決心して顔を上げたその時だった。あるお店が目に飛び込んできた。その瞬間私は、そうだ！　と頭の中で叫んだ。

すっかり忘れていた。確実に登録してくれそうな人たちがすぐそこにいるじゃないか。

阿佐ヶ谷なんかに頼まなくても、最初からあの二人に頼めばよかったんだ。

まだまだGは獲得できる！

私は商店街の中を走った。

クリーニング屋を通り越し、『松田《まつだ》屋』と書かれたそば屋の扉を開けた……。

まだ四時半だから店には客が一人もいなかった。

「いらっしゃいませ！」

おばちゃんの威勢の良い声が店内に響き渡った。おばちゃんは私を見ると、

「まあ」

と目を大きくして両手を広げた。

「あら、道子ちゃんじゃないの！」

「久しぶりだねおばちゃん」

挨拶するとおばちゃんは三角巾《さんかくきん》を取って、感動の再会みたいに私を強く抱きしめた。

「本当に久しぶりね！　一年ぶりくらいかしら。道子ちゃんが来てくれるなんてああ嬉《うれ》しい。本当に嬉しいわあ」

おばちゃんはでっぷり太っているから抱きしめられると息が苦しい。

「おばちゃん苦しい」

私はおばちゃんの背中をタップした。

おばちゃんは私を離すと、

「あらあら、ごめんごめん」

と言って一人で大笑いした。

おばちゃんは相変わらず元気いっぱいだ。昔からリアクションが大きくて喜び方は欧米人みたいだった。

おばちゃんの声を聞いて奥からおじちゃんもやってきた。

「おう道子、久しぶりじゃねえか。元気してたかよ、ええ？」

「一応元気」

「おいおい、何だよその一応ってのは。それに声が小せえよ。もっと気合い入れろ！　声はな、腹から出すんだよ腹から」

おじちゃんは至って真剣なんだけれど、私はその真剣さが面白くて思わず笑ってしまった。

「おい道子、何がおかしいんだよ。俺はギャグなんて一個も言ってねえぞ」

横からおばちゃんが突っ込んだ。

「アンタの存在がギャグなんだよ」

「何だと！」

おじちゃんも相変わらず元気そうでよかった。強面《こわもて》で口調が荒々しいからちょっと恐いけど、本当はとても優しい人だ。

私はこの二人のことを凸凹コンビと呼んでいる。太っているおばちゃんに対しておじちゃんはガリガリだからだ。

凸凹コンビと名前をつけたのは確か幼稚園の頃だった。父とおじちゃんは小学校からの幼なじみで、日曜になると二人でよく競馬に出かけていた。本当に二人は仲良しだったから、昔は家族三人でよくここに食べに来ていたのだけれど、父が死んでからは来る機会が少なくなってしまった。

父が死んで以来一人で来るのは今日が初めてだった。

「おい道子、蕎麦《そば》でいいな？」

おじちゃんは袖《そで》をまくりながら言った。

張り切っているのに申し訳ないのだけれど私は首を振った。

「ううん、今日は食べない」

「あ？　何だよ食べてかねえのかよ。久しぶりだからおごってやろうと思ったのによお」

「それよりおじちゃん、おばちゃん、携帯電話かして」

「あ？　携帯？」

「どうしたのよ急に」

「いいからかしてかして」

二人は顔を見合わせて携帯を出した。私は二人のメールアドレスを調べてアバＱの招待状を送り登録作業を進めていった。

私が何も教えないからおじちゃんとおばちゃんは気になって気になって仕方がない様子だった。

「なんだよおい。人の携帯で何やってんだよ」

「もう少しで終わるから待って」

「もしかして道子ちゃん、私たちの番号を登録してくれているの？」

「うん、そうそう」

「わあ嬉しいわ。メールアドレスも登録してる？」

「してるしてる」

「じゃあ後でメールしちゃおうかな」

「うん。分かった」

正直会話どころではなかった。もう少しで大量のGが手に入る。頭の中はそればかりだった。

登録作業を終えた私は二人に携帯を返した。適当なプロフィールを作成したから五分もかからなかった。

私は早速『アバQ通帳』を確認した。四時四十三分に＋600Gとなっている。

やったやったやった！ 作戦成功！

一気に増えて648Gだ。

私は家まで待ちきれず、その場で『ノスタルジックIN南国』を購入し、汗ばんだ手でアバターと背景を組み合わせた。

　手に入ったのはそれだけではない。友人を紹介したからアバQからプレゼントが貰《もら》えた。二人目の特典は『リボンミニドラムバッグ』か『ウエディングドレス』だ。私は今のアバターに合わせようとバッグを選んだ。三人目の特典は『飛び跳ねる魚たち』だ。初めての高級品に私は胸が高鳴った。

　私は早速着替えてみた。するとアバターの右手にリボンのついた可愛らしいミニバッグが加わり、海からは小さな魚たちがピョンピョンと飛び跳ねた。

　ねずみ色の殺風景な背景にただポツリと立っているだけだったアバターに『背景』と『バッグ』と『高級品』が加わり、私は一つのコーディネートが完成した気分だった。

　私は嬉しくて嬉しくて魚みたいに跳ねた。『友達紹介』はGも入るしプレゼントも貰えるし本当に良いことばかりだ。

「どうしたのよ道子ちゃんそんなに喜んで。そんなにいいことがあったの？」

　私は自分のアバターを見てもらいたくて二人に携帯画面を見せた。

「見て見ておじちゃん、おばちゃん。これが私のアバター。可愛いでしょ？　なかなかいいコーディネートだと思わない？　背景も雰囲気が出ててかなり良い感じだよね。

二人のおかげで高級品まで貰っちゃった！　非売品だから持っている人少ないんじゃないかなあ」

興奮する私とは対照的に二人は何が何だか分からないといった顔でアバターを見ている。

「そうだよね、二人に見せても分からないか。まあいいや。とにかくありがとう！　また来るね！」

おじちゃんとおばちゃんは茫然《ぼうぜん》とした顔で私を見送った。


クリーニング屋で母のスーツを受け取った私は早く家に帰ってじっくりアバターを観賞したくて、両手に荷物を持っているのも忘れて商店街を走った。

が、すぐに私は書店に隠れた。

前方からサッカー部がやってきたからだ。二年生の部員たちが横に広がって歩いてくるその真ん中に山之内均《やまのうちひとし》がいた。

彼とは同じクラスで成績は優秀とは言えないが、サッカー部ではエースストライカーだ。一年の初めからレギュラーで、山之内が入ってからうちの学校は急に強くなったらしい。

山之内は背が高くて細身だけれど、筋肉質で尚かつアイドルのような美しい顔立ちをしている。唇の横にある小さなホクロがとてもセクシーだ。

容姿が抜群に良くて性格も爽《さわ》やかでその上サッカーが上手だから恋心を抱いている女子はたくさんいるだろう。

実は私もその一人だった。

一年生の時はクラスが別々だったので彼の存在を知ったのは二学期の初めだった。休み時間に山之内がグラウンドでサッカーをしている姿を見て以来かっこいいなあって思うようになった。異性を見て胸が熱くなるなんて初めての経験だった。だからクラスが一緒になった時はもう嬉しくて嬉しくて仕方なかった。

クラスが一緒になったからといって山之内と何かあるなんて期待していないし、想いを告げるつもりもない。そんな勇気あるわけないし、仮に告白できたとしても気持ち悪がられて終わりだ。私はただ彼と同じ空間にいられるだけで幸せだった。

山之内くん、あなたは私が想いを寄せているなんて思ってもいないでしょう。当然だよね。私は恥ずかしくてあなたに話しかけるどころか見つめることすらできないんだから。

あなたはきっと私のことなんてどうでもいいと思っているでしょう。もしかしたら存在すら気づいていないかもしれない。

でもいいの。

私はあなたと同じクラスにいられるだけで幸せだから……。

私は書店から顔を出し、気づかれないように彼を見つめた。

それにしてもどうしてサッカー部がこんな早い時間に帰っているんだろう。毎日夜遅くまで練習しているサッカー部が五時前に帰るなんてあまりないのではないか。それとも休校日はいつもこのくらいなのだろうか。

私はすぐにあることを思い出した。

ああそうだ、明日はうちの学校で公式試合が行われるんだった。だから今日は早めに練習を切り上げたんだ。

私は今までサッカー部の試合を一度も観たことがない。試合があるたび観てみたいと思うけれど、実際観に行ったらサッカー部員にウザがられるだろうし、それがもし阿波野にバレたら何を言われるか分からないから行けなかった。

明日は公式戦だからかなり大事な試合だよね。もちろん山之内くんも出るんだろうなあ。

明日の試合、思い切って観に行ってみようかなあ。

こうして偶然会ったのも何かの縁だ。もしかしたら山之内くんが明日の試合を報《しら》せにきてくれたのかもしれないし。

山之内たちとすれ違い、書店から出た私は山之内の背を目で追いながら首を振った。やっぱりやめよう。私なんかが応援に行ったって彼は喜ばない。気が散って思うようにプレイできないかもしれない。

阿波野の存在だって恐い。もしバレたら何をされるか。

私なんか行かないほうがいいんだ。大人しくしているほうが身のためだ。

私は一人家で勝利を願おう。そう心に決めて、彼らとは反対方向を歩いた。

*

翌日の朝私は学校の体育館裏にいた。

昨日は山之内の背を見送りながら、試合は行かないと心に決めたのだけれど、やっぱりどうしても彼のプレイを観たくて来てしまった。ただ誰にも存在を気づかれないのが絶対条件だった。私はグラウンドが見えやすくて安全な場所を探し、体育館裏なら問題ないだろうとここに隠れたのだった。

でも来るのが早すぎたようだ。試合開始時間が分からなかったから朝七時に来たのだけれど、グラウンドにはまだ誰もいない。私はこの暇な時間を使ってバナー広告クリックをしようとアバQに繋《つな》いだ。

その時私はふと、そういえば山之内くんはアバQに登録しているのかなあ、と思った。

毎日サッカーで忙しいからアバQをやっている暇なんてないだろう。でもみんながやっているから登録くらいはしているはずだ。

もしやっているとしたら、こんな図々《ずうずう》しいこと絶対に本人には言えないけれど、アバQの『フレンド』になりたいと私は思った。

ハンドルネームは何だろう。彼のアバターはどんな姿をしているだろう。やっぱりサッカーのユニフォームを着たアバターだろうか。だとしたら可愛いなあ。

私の今のアバターを見たら彼は何て言ってくれるだろう。褒めてくれたら嬉《うれ》しすぎてどうにかなってしまうかもしれない。

彼と『フレンド』になるなんて絶対に無理だろうけど、せめてお互いのアバターを見せ合えることができたら幸せだなあ……。

バナー広告クリックをひたすら繰り返していた私はグラウンドにサッカー部が到着した気配に気がつき携帯を閉じた。気づけば時計の針は八時を回っていた。その十五分後に相手チームも到着し、両チームはウォーミングアップを始めた。

私は彼の姿を目で追った。まだウォーミングアップなのに一つひとつの動作が爽やかで恰好《かっこう》いい。私には彼の姿が光り輝いて見えた。

もう少し近くで見たくて、すぐ先にある鉄柱に移動しようとしたがすぐに顔を引っ込めた。応援の生徒が次々とグラウンドに現れたからだ。私はひっそりと顔を出して山之内にエールを送った。

本当は間近で応援したいけれど、私はここから勝利を祈ってます。頑張ってね。

ウォーミングアップが終わると今度はボールを使った練習が始まり、一通り動きを確認すると監督が部員を集めた。

もうそろそろ試合が始まる雰囲気だ。すると私は急に身体が落ち着かなくなって、大きく息を吸うと目眩《めまい》がした。手の平に人と文字を書いてそれをのみ込んだが、指先すら震えているのが分かった。

ミーティングが終わり、選手たちは気合いを入れてグラウンドに向かっていった。

私は心の中で頑張って！　と叫んだ。

その時だ。

「均！」

と観客から声が聞こえた。その声に彼は振り返り、笑顔で観客の方に歩み寄った。

観客の中から現れたのは阿波野だった。阿波野は何か声をかけると右手を差し出した。すると山之内は照れながらもその上に手を重ねたのだ。阿波野は山之内にパワーを送ると背中を叩《たた》いて送り出した。山之内は手を上げながらグラウンドに走っていった。

その光景を見た瞬間私は愕然《がくぜん》とし、茫然《ぼうぜん》となった。

今のは、なに？

もの凄《すご》くいい雰囲気だったけど、もしかして山之内くん、阿波野と付き合っているの……？

彼は学校のスターだから彼女がいたって全然おかしくないけど、どうしてよりによって阿波野なの……。

今も阿波野の声援が目立って聞こえる。山之内はいちいちそれに応《こた》えていた。

私は思わず顔を背けた。大嫌いな女と仲良くしている光景なんて見たくない。辛《つら》いし自分が惨めになるだけだ。

帰ろう。

もう試合なんてどうでもいい。

私は誰にも気づかれないように体育館裏から裏門に歩を進めた。学校を出た時、ちょうど試合開始のホイッスルが聞こえてきた……。

2

自宅に戻った私は自分の部屋の押し入れに閉じこもった。

もう最低最悪。わざわざ早起きして体育館裏で一時間以上も待った自分が馬鹿みたい。

あんなの見せつけられるなら試合なんて観に行かなければよかった。

どうして彼の相手がよりによってヘビ女なんだ。

山之内も山之内だ。試合前なのにいちゃいちゃしちゃって。あんな女のどこがいいんだ。山之内だってあいつの裏の顔は知っているはずだ。なのにどうして……。

私は山之内を呪った。今日の試合、ボロボロに負けちゃえばいいんだ。

それにしてもいつから二人は恋人関係なんだろう。あの様子を見るとかなり前から付き合っていたのかもしれない。だとしたら私は相当馬鹿だ。ヘビ女の彼氏にずっと恋心を抱いていたんだから……。

馬鹿馬鹿しくて私は何だか笑えてきた。

いいんだいいんだ、もう山之内なんて。最初から何も期待してなかったし。てゆうか別にそこまで好きじゃなかったし。むしろ阿波野と付き合っていることを知って全然魅力がなくなったわ。

はい山之内のことはここで終了。もう忘れました。

いいんだいいんだ。私にはアバターがある。アバターを進化させることのほうが今の私には大事なんだ。

携帯を開き、アバQにアクセスした私はすぐにショップを選んだ。通帳には現在40Gある。私は急に買い物したい衝動にかられた。大事な大事なGだけど、今日は一気に使ってしまうかもしれない。新アイテムを買ってもっともっとアバターを可愛くするんだ。


今のアバターにはあと何が必要だろう。何を買えばもっとお洒落《しゃれ》になるだろう。

まずは今日発売された新作を見てみようと画面を下にスクロールした時、私は気になるものを見つけた。

『三日間限定スロットマシーン』である。

昨夜はこんなページなかったから、今日の朝に更新されたのだろう。

クリックすると画面の中央にスロットマシーンの絵が出てきて、その下に説明が書かれてあった。

『スロットマシーンを回してスリーセブンが出れば大当たり！　男性女性各五十名様に超レアアイテムをプレゼント！　ハズレても限定アバターが貰《もら》えるよ。さあ君も超レアアイテムを目指して頑張ろう！』

私は『超レアアイテム』という文字に生唾《なまつば》を飲んだ。超までつくのだからよほど価値のあるアイテムなのだろう。

更に下にスクロールすると、男性の場合は『歌舞伎役者』が貰え、女性の場合は『バタフライ花魁《おいらん》』が貰えると書かれてある。

超レアアイテム『バタフライ花魁』とはどんな物か私は画像をクリックした。すると、金色の蝶《ちょう》の刺繍《ししゅう》が入った真紅の色打掛が画面に拡大された。長襦袢《ながじゅばん》まで金の柄が入っているからかなり派手で豪華な作りになっている。

その下にはレア度☆4と表示されていた。最高が☆5らしいから相当価値のあるアイテムだ。

そういえば一昨日《おととい》阿波野に『クリスタルドレス』というレアアイテムを見せつけられたがあれは☆いくつだったのだろう。あれだけ自慢して☆1だったら笑えるなあ。

ああダメダメ。阿波野のことを考えると気分が悪くなる。

私はとにかく一度スロットマシーンを回してみることにした。一回挑戦するのに100Gが必要だが、嬉しいことに初回は無料らしいのだ。

超レアアイテムが喉《のど》から手が出るほど欲しいけれど全然期待はしていなかった。なぜなら『バタフライ花魁』を貰えるのはたったの五十人だ。アバQ登録者数は確か1000万人を超えているから、単純計算しても女性会員は500万人以上いる。全員がチャレンジするわけではないだろうけど、当たる確率は一体何％だ。しかも私の場合はGに余裕がないからこの一回のみだ。

自分で言うのもなんだけれど、私は全く運のない女だ。この不利な状況で大当たりが引ける訳がなかった。それくらいの運があったら私はもっといい人生を送ってる。

もっとも私の場合は運なんて関係ないのかもしれないけれど。きっと無料では大当たりが出ない設定になっているはずだから。どうせGをたくさん使った人間が当たる仕組みになっているんだ。

でもよく考えてみれば私にとったらハズレも大当たりなのだ。だってハズレてもタダで限定アイテムを貰えるのだから。

無料で限定アイテムを貰えるんだからラッキーだって思わなくちゃ。

今のアバターにマッチするアイテムならいいなあと思いながら私はスロットマシーンをスタートさせた。

スロットは縦横三列で、まず一列目の上段に七がストップし、次に二列目の中段に七がストップした。あっさりリーチがかかり、最後三列目の下段に七が止まれば大当たりだが私は騙《だま》されなかった。こういうギャンブルは期待をもたせるために必ずリーチの演出になるのだ。つまりここからが本当の勝負というわけだ。

当然三列目はすぐにはストップしなかった。アバQのメインキャラである白い猫が出てきて、よいしょ、よいしょとゆっくり図柄を回していく。

ハズレ図柄がきて、BARがきて、またハズレ図柄がきて、猫は力を振り絞って次の図柄を回した。それが七で、大当たりと思いきやもう一度回すんでしょ、と心の中で猫に言うと、猫は拍手して去っていった。画面には『フィーバー』と出て、スロットマシーンから大量のコインが飛び出した。

え、嘘……。

嘘でしょ？

もしかして、当たっちゃったの？

あまりにあっさり大当たりがきたものだから私は拍子抜けした。ボタンをクリックすると華やかな画面に切り替わり、その真ん中に『バタフライ花魁』の画像が出た。

『大当たりおめでとうございます。超レアアイテム『バタフライ花魁』が手に入りました』

アイテムバッグを確認すると確かに『レアアイテム』が追加されており、早速クリックするとアバターは『レース刺繍ワンピ』を脱いで、『バタフライ花魁』を身に纏《まと》った。そのアバターを見た瞬間、本当に超レアアイテムを当ててしまったんだと実感した。すると急に身体が火のように熱くなって心拍数が急上昇した。何か息苦しいなと思ったら、私は押し入れの中にいるんだった。

押し入れから出た私は思い切りジャンプしてその場に倒れ込んで足をばたつかせた。

あまりにはしゃぎすぎて酸欠になり、私は大の字になって寝ころんだ。

やった、やったやったやった！　私は本当にゲットしたんだ！　約五百万人のうちたった五十人しか当たらない超レアアイテムを！

私は両手で大事に携帯を持ち、『着替える』を選択した。

アバターはまだ麦わら帽をかぶり、胸にはハートのネックレスをさげ、右手にはミニバッグを持ち、足下には猫が座り、背景は南国で、更に海からは魚たちがピョンピョンと跳びはねている。これではバランスが悪いと思って一旦《いったん》それら全てを外して『バタフライ花魁』だけにしてみたかった。

服以外初期に戻ったとはいえ全然地味には感じなかった。金色の蝶の刺繍が入った真紅の色打掛は非常に華やかで、またもの凄《すご》い迫力があった。

美しい……。

私は『バタフライ花魁』の虜《とりこ》になった。こんな美しい色打掛を着られるなんて夢のようだ。アバターが和風美人になり、私もお姫様になった気分だった。

それにしてもまだ信じられない。この運の悪い私が選ばれるなんて。

今まで人生で一度も良いことがなかったからきっと神様が超レアアイテムをプレゼントしてくれたんだ。

さっきは最低最悪の一日だと思ったけど訂正する。今日は最高の一日だ。

私は携帯をそっと胸にあて、『バタフライ花魁』を一生の宝物にすることを誓った。

＊

明くる日の昼休み、私はずっとアバターを眺めていた。レアアイテムを手に入れてからというもの、暇さえあればずっとこんな調子でまだ身につけているアイテムは『バタフライ花魁』だけだ。無茶苦茶に組み合わせて価値を下げたくなかった。

今よりもっと華やかに、そして上品に見せるために『バタフライ花魁』に合うアイテムが欲しいのだが、何せ現在通帳には４４０Ｇしかない。二つくらいは新アイテムを買えそうだが和のアイテムは意外と多い。一体どれから購入すべきか迷っていた。

やはりまずは背景からかなあ。

すでにいくつか候補があるのでもう一度見てみようと思ったその時だった。

「ええ!」

背後で同じクラスの女子が大声を上げた。何事かと振り返ると山根《やまね》という子が私の携帯画面を見て驚いていた。

しまった、と画面を隠したがもう遅かった。

「も、も、もしかしてアブコ、それスロットマシーンの超レアアイテムじゃないの?」

見られてしまったので嘘はつけなかった。

「うん」

頷《うなず》くと山根は一瞬気を失ったみたいに足がふらついた。山根は口をアワアワとさせながら言った。

「あ、あ、当たったの?」

「うん、昨日」

「だってそれ五十人しか当たらないんだよ」

「運が、よかったのかな」

山根は右手を伸ばした。その手は微《かす》かに震えていた。

「見せてもらってもいい?」

山根は目を剝《む》き出して言った。私は恐くてのけぞった。

「い、いいけど」

携帯を渡すと山根は信じられないというように首を振った。

「すごい。すごいよアブコ。知ってる？　これ☆4だよ。阿波野様だって☆4は一つしかないんだよ」

「え、そうなの」

「そうだよ！　だから超すごいんだよ！」

山根はいきなり私の携帯をかかげてみんなに叫んだ。

「みんな大変！　アブコがスロットマシーンの超レアアイテムゲットしたよ！」

その瞬間教室にいた女子全員が目の色変えて走ってきた。それだけではない。廊下にいた他のクラスの女子もやってきた。全員が全く同じ反応だったから私は恐ろしいものを感じた。

「アブコが？　嘘でしょ？」

「本当に？」

「見せて見せて！」

私と山根は一気に囲まれた。みんなもみくちゃになって山根が持つ携帯に手を伸ばす。まるでバーゲンセールが行われているみたいだった。

「ほら見てみんな！」

山根がみんなに『バタフライ花魁《おいらん》』を見せると大騒ぎとなった。

「すごいよアブコ！」

「よく当てたね！　超運いいじゃん！」

「本当にすごい！　すごすぎるよ！」

「アブコのことちょっと見直したよ」

「羨《うらや》ましいなあ。ねえどうやって当てたの？」

「何回スロット回したの？」

「ねえ教えて！」

「私にも教えて！」

一度にみんなが質問してくるから私は困惑した。

その後はちょっとしたパニックが起こった。

「ねえねえ私にもっと見せてよ」

「アブコ、次は私だよね」

「何言ってるの私だよ」

「じゃあアブコに決めてもらおうよ」

「てゆうかアブコ、あとでアバターの写メ撮らしてもらっていい？」

「あ、私も撮りたい」

「私も！」

「私も！」

　みんなに褒められて少し恥ずかしいけれど、スターになったみたいで私はとても気分がよかった。

　みんなもっともっと褒めてくれ。

　私はみんなの賞賛に酔いしれた。

「何の騒ぎかしら？」

　その声がした瞬間私は背筋が凍った。みんなもしんとなり道をあけた。

　阿波野とお付きの二人がこちらにやってくる。

「阿波野様、アブコがスロットマシーンで超レアアイテムを当てたんです」

　私は山根を睨《にら》んだ。この女余計なことを……。

　山根の言葉を聞いた瞬間阿波野の顔つきが変わった。阿波野はヘビのような目で私を見ながら、

「何ですって。それ本当なの？」

　と言った。

「はい」

山根は阿波野に私の携帯を渡した。

超レアアイテム『バタフライ花魁』を見た阿波野はワナワナと震えだした。

「どうしてアブコなんかに」

囁《ささや》くように言ったが怒りは頂点に達していた。

「私は百回以上回しても当たらなかったのに！」

私は携帯を折られるのではないかと気が気ではなかった。

「私によこしなさい」

阿波野は冷静な口調で言った。私は意味が分からず、

「はい？」

と聞き返した。

「私にこのアイテムを送りなさいと言ったのよ」

ようやく意味を知った私は頭が真っ白になり全身から嫌な汗が噴き出た。

この女、私の大事なアイテムを奪うつもりだ。どこまで最低なんだこいつは！

高校生活最大の危機だった。素直に言うことを聞いておけば何事もなく騒動は終わるだろう。でも私はこのアイテムだけは渡すわけにはいかなかった。これは私の一番の宝物なんだ。これを奪われたらもう私は立ち直れない。この命令だけは従えない！

私は阿波野から携帯を奪った。阿波野はきっと私を睨んだ。

「アブコ、それを渡さないとどうなるか分かっているんだろうな」

「すみません阿波野様。これは私の大事な宝物なんです。だから許してください！」

私は叫んで教室を飛び出した。

「アブコを追いかけろ！」

振り向くと片山と仮屋が追いかけてくる。私は全力で廊下を走り、階段を飛び降りた。着地した時に少し足を挫《くじ》いたけれど痛みをこらえて必死に逃げた。

私は下駄箱で靴に履き替え校舎を出た。教室に鞄《かばん》を置いたままだけれどそんなの気にしてはいられなかった。また駐輪場に自転車を置いているけれど、自転車にも乗っている余裕はない。

裏門から道路に出た私は振り返った。片山と仮屋はさすがに諦《あきら》めこちらを睨んでいる。二人は追うのを止めたが私は走り続けた。自宅に着くまで安心できなかった。

まだ身体の震えが止まらない。みんなの歓声と賞賛の声がどうしても耳から離れない。

超レアアイテムを見た瞬間、全員が私を注目し、羨み、そして尊敬の念を抱いた。

短時間の出来事だったけれど思い出すだけで身震いし、鳥肌が立ち、そして胸が熱くなった。

今まで影の薄い存在を貫いてきたからこんな経験したことがなかった。だからあの時の快感がどうしても忘れられない。もう一度みんなに『バタフライ花魁』を見せたいって身体がうずうずしている。

ああ、また賞賛の声を浴びたい。もっと羨ましがられたい。もっと崇《あが》められたい。

もう一度、スポットライトを浴びたい……。

そのためにはもっともっとたくさんのアイテムが必要だ。でもGで購入できるアイテムだけではだめだ。注目を浴びるにはたくさんのレアアイテムが必要になる。

阿波野を超えるアイテムとレアアイテムがあればきっとまたみんな私を崇めてくれる。

でも阿波野みたいにたくさんのレアアイテムをゲットするには一体どうすればいいんだろう。昨日は期間限定イベントでたまたま『バタフライ花魁』が当たったけれど、普段はどこで手に入れられるのか。

そういえばこの前阿波野にレアアイテムを見せつけられた時片山が、

『購入した品を合成させるんだ』

と言っていた。

持っているアイテムを合体させればレアアイテムができるのか……。

私は早速アバQに繋《つな》いで『合成』を探した。

確かショップページを下にスクロールしていくと『合成マシーン』というものがあるらしい。どうやらそれらしかった。

あった。『合成マシーン』。

クリックすると画面が切り替わり、その中央には見たことがないアイテムがたくさん並んだ。ここに出ているのは恐らく全部レアアイテムだ。でもこれはほんの一部に違いなかった。

『アイテムを二つ入れると別アイテムに生まれ変わるよ！　運が良ければレアアイテムが出るよ！』

説明にはそう書かれており、私は『レアアイテム』という言葉にドキドキした。

合成には一回200Gもかかるそうなのだが私は迷わなかった。『入口』をクリックすると、

『合成したいアイテムを二つ選んでね』

という案内と一緒に自分が持っているアイテムが並んだ。

合成したら新アイテムが手に入る代わりに二つもアイテムが消えてしまうから相当悩んだが、私は『ミニ猫』と『リボンミニドラムバッグ』を選んだ。

『本当にこれでよろしいですか？』

はい、を選ぶと実験室と思われる部屋に移動し、中央にある大きなカプセルが起動した。

カプセルは縦横に激しく揺れて、動きが停止すると中が虹《にじ》色に光った。

合成が終了しボタンを押すと画面が切り替わった。

『合成の結果、カエルの帽子ができあがりました』

なけなしのGと大事なアイテムを犠牲にして手に入ったのは『カエルの帽子』だった。無論これはレアアイテムではない。それどころかゴミアイテムだ。でも私は大きな落胆はなかった。この結果は何となく予想はついていた。こんなすぐにレアアイテムが出てくるわけがない。失敗して当たり前なのだ。

レアアイテムの価値は想像していた以上に高い。学校中の女子がレアアイテムと聞いただけで飛んでやってくるくらいなのだ。それくらいレアアイテムは出る確率が低い。何度も何度も合成を繰り返してやっと手に入れられるのだろう。昨日『バタフライ花魁《おいらん》』を当てたのは本当に奇跡としか言いようがなかった。

全てのレアアイテムが欲しい。私の頭の中はそれ一色に染まっていた。

そのためにはアイテムが何百、いや何千も必要になってくるだろう。

アイテムを買うにはGがいる。合成にもGがかかってくる。

そうなると当然千や二千じゃ足りない。

一万、いや下手したら十万単位のGが必要になるかもしれない。

それだけの単位になってくると広告クリックや無料サイト登録では到底無理だ。

もうお金を使う以外に手段はなさそうだった。お金でGを買うしかない。

でもそんなお金はうちにはない。禁止されているバイトを始めたとしてもお給料はたかがしれているし、入るのも一ヶ月先だろう。

私は今すぐ大金が欲しい。そのためにはどうすればいい……。


ふと気づくと私は父の仏壇に置いてあるゴールドの時計を見つめていた。

父の形見を見ていると、三人で松田屋に行ったり、遊園地に行ったり、競馬場に行ったりした思い出が鮮明に蘇《よみがえ》る。

父はどこへ出かけるにもこの時計をはめていて、相当な愛着があったのだろう、大事に大事に扱っていた。

私はこの時計を眺めながら、売ったらいくらになるんだろうと考えていた。かなり古いし多少傷があるけれどブランド物だから結構な額で買い取ってくれるのではないか。仮に十万円で売れたら12000Gも手に入る。それだけあればかなりのレアアイテムを手に入れられる。そしたらまたみんなが私を崇めてくれる！

私にはどうしてもお金がいる。どうしてもGが必要なんだ！

ごめん、お父さん。

私は時計を手に取って玄関に走り、靴を履いて扉を開けた。

すると目の前に母が立っていた。右手にはスーパーの袋がぶら下がっている。

「あら道子」

私は心臓が止まりそうだった。

「お母さん……」

「どうしたのそんなに急いで。こんな時間にどこ行くの？」

「う、ううん。別に。それより早かったね」

「そうかしら？　もう八時前よ」

私はいつの間にこんな時間が経ったんだろうと思った。

「そっか。もうそんな時間か」

母は私の異変に気づいたようだった。

「どうしたの道子。顔色悪いし、すごい汗。何かあったの？」

「ううん、何もないよ」

私は時計をポケットに隠そうとしたがすぐに母に気づかれてしまった。

「道子、それお父さんの時計じゃない」

「え、ああ、うん」

「どうしてお父さんの時計なんか持って行くの？」

「別に、特に理由はないよ」

母はそれで許してはくれなかった。私の目を真っ直ぐに見つめて言った。

「道子、何か隠しているわね。正直に言いなさい。その時計どうするつもりだったの？」

混乱していた私は適当な嘘が思いつかなかった。逃げようと振り返ったが母は私の腕を強く摑《つか》んだ。

「言いなさい！」

私はカッとなって叫んだ。

「お金が欲しかったのよ！」

「お金？」

「この時計を質屋に売ろうと思った」

母は愕然《がくぜん》とした表情になった。

「どうして質屋なんかに。お小遣いならあげてるでしょ」

あまりのショックで声が震えていた。

「二千円じゃ全然足りないの。私には大金が必要なのよ。Gがないとレアアイテムが手に入らないの」

　母は恐ろしいものを見るような目で私を見た。

「どうしたの道子。Gって何。レアアイテムって一体何よ」

　母は何かに気づいたらしくはっとなった。

「最近携帯を必死になっていじっているけど、もしかして」

　私は母を遮った。

「昨日超レアアイテムを手に入れたの。そしたら今日みんなが私を褒めてくれたの！　尊敬の眼差《まなざ》しで私を見るのよ！　偉くなったようですごく気分が良かった。だからね、レアアイテムをもっと」

　私が熱心に話しているというのに母は私の頬をビンタした。

「あんた、そんなことのためにお父さんの形見を売ろうとしたの！」

　私は母を睨《にら》んだ。母は私の肩を摑んで叫んだ。

「目を覚ましなさい！　そんなことよりもっと大事なことがあるでしょう」

「私はアバターが一番大事なの。アバターは私自身でもあるんだから」

「道子……あんた何言ってるの。どうかしてるわよ」

　私は母の手を振りはらって自分の部屋に戻り押し入れに閉じこもった。

「道子！　道子！」

うるさい！　私は耳を塞《ふさ》いだ。

もう少しで大量のGが手に入ったのに……。

どうして私の邪魔をしたの！

私は頭の中で叫んだ。

＊

「道子、じゃあお母さん行ってくるから」

玄関から母の声が聞こえてきた。母は私を気遣って、昨夜のことはあえて何も言ってこなかった。私は布団から顔を出して、

「うん」

と返事した。扉の閉まる音がすると私はまた布団を被《かぶ》った。

私は八時を過ぎても布団から出なかった。阿波野に逆らい怒らせてしまったから今日は学校に行くのが恐い。奴が復讐《ふくしゅう》してくるのは確実だった。

でも休んだのが母に知れたら余計心配するから昼休みが終わってから登校することにした。その時間に行けば安全だろう。今日は六時間授業だから二時間だけ授業をしてホームルームが終わったら捕まる前に走って帰ればいい。もちろん携帯は家に置い

ていくつもりだ。

昼休み終了のチャイムが鳴り終わり、もうそろそろ教科担任が来ると思われる頃に私は教室に入った。クラスの女子全員が色々な意味で私を注目した。

すぐに阿波野と目が合ったのだが彼女たちは西園寺を囲みバスケットボールや黒板消しを投げつけていた。相変わらず西園寺は無言のまま耐えている。たまにはキレてやり返せばいいのにと私は西園寺を見ながら思った。

西園寺の頭に投げたバスケットボールが廊下に転がると阿波野は西園寺の髪を摑《つか》んで椅子から引きずり下ろし、憎しみを込めるように顔をグリグリと踏んづけた。西園寺が顔を横に向けると今度は腹を力強く蹴飛《けと》ばした。

咳《せ》き込む西園寺を見て阿波野はほくそ笑み、片山に水を持ってこいと命令した。

片山は急いでバケツに水を入れて持ってきた。阿波野は西園寺の髪を摑んでバケツの中に顔を突っ込んだ。

教室に、西園寺の苦しむ声が響いた。

「苦しいだろう西園寺。毎日生きているのが嫌になるだろう？　死んだ方が楽になるぞ」

阿波野は一旦《いったん》西園寺の顔を上げると、再びバケツの中に突っ込んだ。

「死ね西園寺。死ね！　死ね！　死ね！」

私はその姿を見て足元から震えが襲ってきた。次は自分かもしれないと思ったのだ。

私は顔を伏せて自分の席に向かった。すると阿波野と片山と仮屋の三人がこちらにやってきて道を塞いだ。

私は先生が来るまでの辛抱だと自分に言い聞かせた。しかし阿波野は意外にも、

「おいアブコ、死にたくなければあまり調子に乗るなよ」

と言ってくるだけで暴力はなかった。その代わり机と椅子は死ねとかブスとか落書きだらけだったが。

私は想像していたよりも罰が軽くてホッとした。掃除用具入れから雑巾《ぞうきん》を取り出し、手洗い場で濡《ぬ》らして机の落書きを拭《ふ》いた。

「安心してください阿武隈川さん」

か細い声だったから私は誰に声をかけられたのか分からなかった。

横を向くと隣の隣に座る西園寺が濡れた髪の毛の隙間からこちらを見ていた。出欠を取るとき以外声を発さない西園寺が突然声をかけてきたから私は驚いた。

西園寺は無表情のまま言った。

「そんなに阿波野にビクビクしなくても大丈夫ですよ。あいつは私がいる限り絶対標的をかえませんから」

西園寺はそう言い切った後微笑んだ、ように見えた。

「良かったわねえ阿武隈川さん、私がいて」

私は気味が悪かったから無視して机の落書きを拭いた。

「それより阿武隈川さん」

まだ何か用か。私は西園寺が疎ましかった。普段全く喋《しゃべ》らない西園寺が今日はなぜかよく喋る。私に話しかけるのは初めてだというのに何だこの親しそうな感じは。

私は阿波野の存在が気になった。まだこちらに気づいてはいないがこんな場面見られたら大変だ。

「私も『バタフライ花魁《おいらん》』を見てみたいわあ」

私は動作を止めて西園寺を見た。

「レアアイテムを当てたなんてすごいわねえ。あなたは強運の持ち主なんですね」

西園寺は続けた。

「私も実はアバQをやっているんだけど、普通のアイテムしか持っていないから阿武隈川さんが羨《うらや》ましいわ」

西園寺がアバQをやっているのは意外だった。一体どんなアバターなんだろうと正直気になった。

「ねえ阿武隈川さん、今のあなたの心の中を当ててみましょうか」

急に西園寺の目つきと声色が変わった。私を見据えるその目は妙な迫力があった。

何よいきなり。私は変な汗が出てきた。

「あなたはもっとレアアイテムが欲しいと思ってる」

「え？」

図星を指され、私は思わず声を発してしまった。

「レアアイテムをたくさん手に入れて、人気者になりたいと思ってる」

心の中を読まれて私は動揺を隠せなかった。

「今まであなたは目立たない存在でしたから、みんなにチヤホヤされたらそう思うのは当たり前のことですよ」

何から何まで言い当てられて私はついムキになってしまった。

「いい加減にして」

「でもレアアイテムを集めるにはたくさんのGが必要ですからね。G集めに苦労されているんじゃないですか？」

西園寺は私の悩みをも見抜いているようだった。

「それともお金で買われていますか？」

私は西園寺を一瞥《いちべつ》した。思わず正直に答えてしまった。

「買いたくても……そんなお金ないから」

そう答えると西園寺の目が底光りしたように感じた。

「だったら阿武隈川さん、今すぐたくさんのお金を稼ぐいい方法がありますよ」

西園寺の言葉に大金が脳裏を過ぎり、私は一瞬我を忘れた。

「いい方法？」

「ええ」

何だか怪しい雰囲気だが、私は是非ともその方法を知りたかった。

「どうすればいいの？」

私は恐る恐る聞いた。

「援交をすればいいんです」

「エンコウ？」

私は意味が分からなかった。

「援助交際です」

そう言われてやっと意味が分かったけれど、意味を知った瞬間に私は脈が激しく波打った。

西園寺は表情一つ変えず冷静に説明した。

「横浜駅で暇そうに座っていれば男が声をかけてきますから、それについて行けばいいんです。たったそれだけで大金が手に入ります。うまくいけば一日で十万近くは稼げるかもしれませんよ。どうです、それだけあったらGには困らないでしょう」

もちろん援助交際が犯罪だとは知っているけれど、私は気づけば西園寺の話を熱心に聞いていた。

放課後私は横浜駅の前にある待ち合わせ広場に向かい声をかけられるのをひたすら待った。

私の他にも一人で座っている女子高生がたくさんいて、今の私はその彼女たち全員が『商品』に見えた。

私は胸に手を当てて大きく息を吐いた。心臓が破裂しそうなくらいドキドキしている。正直言って恐い。

でも私は帰るつもりはなかった。Gを得るためなら私は何だってする。かなりリスクは高いけれど、西園寺に言われた通りにすれば万単位のGが手にはいるのだから。

西園寺が言うように本当に声をかけてくるのだろうか。待ち始めてから一時間以上経つけれど、援助交際を目的としていそうな男性は誰一人としていない。仮にいたとしても私はブスで地味だから『商品』として見てくれないのではないか。

誰か早く私を選んで。私は心の中でそう唱え続けた。

ある男と目があったのはそれから更に一時間が経ってからだった。スーツを着た中年男性がチラチラとこちらを見ている。見た目はかなり真面目そうだが明らかに挙動不審だった。

私を品定めしているのかもしれない、と思った私は男性を見つめた。これが私なりの誘惑だった。すると男もウリを目的としていると判断したのだろう、周りを気にしながらやってきた。

「いくら欲しいの？」

男は極度に緊張しており、手っ取り早く交渉を成立させたいようだった。

「これでどう？」

男は指を二本立てて言った。私は二万の価値しかないんだと思いながらも頷《うなず》いた。

「じゃあ早速行こうか」

男は囁《ささや》くように言って足早にホテル街に向かった。男は途中で振り返り私を見た。

私は男に向かって微笑みかけた。

男が選んだホテルはとても古い造りで、鍵《かぎ》を受け取り扉を開けるとベッドと小さなテレビが置いてあるだけの殺風景な部屋だった。

男は部屋に入った途端少し余裕ができたのか安心した表情になり、鞄《かばん》を棚に置いて上着をハンガーにかけると私をチラチラ見ながら言った。

「君、名前は？」

「アイです」

私は適当な名前を言った。

「年はいくつ？」

「十六です」

そう答えると男はひどく喜んだ。

「そう、十六か。じゃあまだ中学校を卒業したばかりかな」

「はい」

「ところでまだ十六歳なのにどうしてそんなにお金が欲しいのかな？」

「アバQのGが欲しいんです」

「G？」

「アバQのバーチャルマネーです」

男は困惑した表情を見せた。

「とりあえず、シャワー浴びてこようかな」

「はい」

男は私と目を合わせると恥ずかしそうな表情を見せシャワー室に向かった。

すぐそこで服を脱ぐ音が聞こえ、扉が閉まった。

水の音が聞こえた瞬間私は急いで男の鞄を開けて中を探った。

しかしどこにも財布がない。必ず鞄の中にあると思っていたのに！

私はシャワー室に目を向けた。

そうかポケットの中だ、と私は心の中で叫んだ。

男はまだシャワーを浴びているがもうすぐ出るだろう。しかしこのまま退散するわけにはいかない。迷ってはいられなかった。

私は気づかれないようシャワー室に入り、洗面所にある上着とズボンを手に取った。財布はズボンの後ろポケットに入っていた。中には四万円も入っており私は札を全て抜き取って急いで部屋を出た。

鞄に財布が入っていない時は焦ったが何とかうまくいった。

男の隙をついて金を盗むのも西園寺が教えてくれたことだった。

『阿武隈川さん、ただ援交と言っても本当に身体を売ってはいけませんよ。男がシャワーを浴びている間に財布から金を抜き取って逃げるのです。

心配しなくても大丈夫。盗難にあっても男は警察に届けは出せません。だって自分も罪を犯しているんですから。フフフフ』

西園寺さん、あなたの言った通り簡単に大金を手にすることができました、ありがとう。都合がいいかもしれないけれど、あなたに対する見方が変わりました。これから私は心の中ではあなたの味方をするから。

私は四万という大金に興奮した。これでたくさんのGが買える。

ホテルを出た私は四万円を握りしめてホテル街を走った。


私は盗んだ金を右手に持ったまま横浜駅の近くのコンビニに駆け込んだ。

「Ｗｅｂマネーをください」

私は肩で息をしながら言った。若い女性店員は驚いた表情で私を見ている。睨《にら》み付けるように見ると店員はハッとして言った。

「ご利用料金は、いかがいたしますか？」

私はしわくちゃになった四万円をカウンターに置いた。

「四万円分ください」

店員は私と札を交互に見た。

「四万円分、ですか？」

一度にそんなに買う人間は相当珍しいらしい。

「かしこまりました。少々お待ちください」

私は店員から一万円分のカードを四枚とレシートを受け取り店を出た。

私は早速その場でアバＱにアクセスしてG購入ページを選び、今購入したカード番号を入力した。

手続きを終え通帳を確認すると確かに４８０００Ｇが入っていた。私はその数字を見て思わず一人笑ってしまった。

ただ私はこれで満足はできなかった。レアアイテムを集めるにはもっともっと金がいる……。

私は翌日、翌々日と同様の手口で四人の男から金を奪い、二日間で合計十四万円もの金を稼いだ。それも全てＧに換え、私はたった三日間で２１６０００Ｇを得たのだった。

これだけあれば当分Ｇに困ることはなさそうだった。２００００以上のＧを持っていると気が大きくなって、私は罪を犯して得たＧを惜しげもなく使った。

金銭感覚が狂った大金持ちみたいに一晩で１００点近いアイテムを購入した私はそれを次々と合成していき、一つひとつ結果をノートに書き込んでいった。

初日はいくらやってもゴミアイテムしか出てこなかったけれど、二日目の朝にやっと『懐中時計』というレア度☆１のアイテムが出た。それで運を引き寄せたらしく、『ティアードキャミ』『プチウィングエンジェル』『火の精霊』『黒竜』『魔法の杖《つえ》』『編みタイツデニム』『フェンサー』『九尾の狐』『レース扇子・金』等、☆１、２の物ばかりだけれどレアアイテムが出る確率が日毎に上がっていった。

レアアイテムを作り始めてから一週間後には☆3のアイテムも三つほど手に入れていた。『ダイヤのシャワー』『オーロラの精』『輝く宮殿』だ。☆3ともなると全て煌《きら》びやかでかなり豪華な作りだった。私は☆3が出るたびみんなに見せたい想いが強くなったけれどこれではまだまだ足りないと、我慢した。

その後もみんなが自分のことを崇拝する光景を思い浮かべながら毎日朝まで合成を繰り返し、少しずつアイテムバッグにレアアイテムを増やしていった。レアアイテムを集め始めてから三週間が経った日の朝、ふと通帳が気になって見てみるとすでに150000Gが消えていることを知った。

このペースだとあと一週間もすればGを使い切ってしまうだろう。

でも私には全く危機感はなかった。また男たちから金を奪ってGを増やせばいい。

そう思った時だった。

ある告知が目に飛び込んできた。

『第十回アバターベストドレッサーコンテスト開催』

五分前まではこんな告知はなかったから今の今更新したらしい。

年に二度開催されるアバQ最大イベントと書いてあるけれど、アバQ歴の短い私はアバターのドレッサーコンテストがあるなんて全く知らなかった。

私は胸を高鳴らせ、『女性オシャレ部門』のページをクリックした。

コンテストの詳細ページには過去のグランプリ受賞者の画像が掲載されており、下にスクロールすると募集要項が書かれてあった。

『アバQファンのみなさまお待たせしました！　第十回アバターベストドレッサーコンテストを開催いたします。今回の女性オシャレ部門のテーマはズバリ『春の雨』です。いかにテーマに沿ったコーディネートをしているか、個性豊かな表現ができているかをアバQ審査員が審査いたします。

エントリーの締め切りは一週間後、5月10日の二十四時です。発表は二週間後を予定しております。

見事ベストドレッサーに選ばれた方には賞金10000Gと、副賞として黄金のティアラ（☆4）を差し上げます。

入賞者にも素敵なレアアイテムが贈られます。

ベストドレッサーの栄冠は誰の手に！

みなさんのたくさんのエントリーをお待ちしています！』

ベストドレッサーコンテストは今の私にとって最もタイムリーな話題だった。このイベントは私のためにあるようなものではないか。

私は闘志に燃えた。

ベストドレッサーの称号と、黄金のティアラが欲しい。

アバターが黄金のティアラをつけた姿を想像した私は身震いした。ああなんて美しいのだろう。日本一になってこの美しさを手に入れたい。

ベストドレッサーコンテストはアバQ最大のイベントというくらいだからかなりのエントリーが予想される。

少し前の私だったらグランプリなんて到底無理だったろう。

でも今の私は何人敵がいようがグランプリを獲《と》る自信がある。過去のグランプリ受賞者のアイテムやコーディネートを見ると私の持っているアイテムの方が全然優れているし、またコーディネートも勝つ自信がある。

私は現在300以上の普通アイテムと55個のレアアイテムを持っている。これだけあればコーディネートの幅が広がる。

メインはやはりレア度☆4の超レアアイテム『バタフライ花魁《おいらん》』だ。このアイテムは最大の武器だから使わない手はない。きっとこれだけでも他の人間と大きな差をつけることができるはずだ。

私はアイテムを集めるのにたくさんの時間と労力を費やしてきた。レアアイテム欲しさに犯罪にまで手を染めたのだ。そこらへんの遊びでやっている奴らとはアバターに対する想いが違う。だから私が負けるはずがないのだ。もしグランプリを獲れば学校中で注目を浴びるだろう。いやそれどころかアバQ内でカリスマになるに違いない。考えただけでもゾクゾクした。

私は一旦《いったん》レアアイテム集めを中断して、エントリー締め切り日までアバターのコーディネート作成に専念することにした。

まずコンテストで最も重要なのがテーマだ。たとえ最高のコーディネートをしたとしてもテーマに合っていなければグランプリは獲れない。

女性オシャレ部門のテーマは『春の雨』だが、私にとってこのテーマはとても都合が良かった。なぜならメインで使おうとしている『バタフライ花魁』が『春の雨』というテーマととても雰囲気が合うからだ。早くも服装と雨が降るアイテムは決定したけれど、背景や持ち物等、どのアイテムを組み合わせていこうか……。

私はそれから毎日、コンテストにエントリーするコーディネートの作成で無我夢中だった。

どの背景を使えば『バタフライ花魁』やテーマに合うか。どういう小物を使えば独特な個性を表現できるか。どう工夫すれば審査員に注目してもらえるか。どの色を組み合わせればより春らしく見えるか……。グランプリを獲るために私は二十四時間頭を悩ませた。

学校では阿波野の目があるから授業中に想像した絵をノートに書き写し、家に帰ったらすぐに部屋に閉じこもって朝までひたすら試行錯誤を繰り返した。

こうして私はアイテムを組み合わせる作業を何百回も繰り返し、締め切りの三十分前にようやくコーディネートを完成させたのだった。

締め切りまで時間がないけれど、私は念のためもう一度コーディネートを確認した。

まず背景はレア度☆2の『桜散る神社』を選んだ。題名通り神社に桜がヒラヒラと散る背景だ。これがとても雰囲気が出ていてテーマにもぴったりだった。鳥居と真紅の色打掛もうまくマッチしているからこれ以上の組み合わせはなかった。

アバターの顔は爽《さわ》やかな『ピュア』に変え、髪型は桜と合わせてピンク色の『セミロングウェーブ』に決めた。

髪にはレア度☆3の『くす玉かんざし・金』を挿し、右手にはレア度☆2の『レース扇子・金』を持たせ、左手にはレア度☆1の『番傘・ピンク』を選んだ。そして最後にレア度☆2の『天の恵』というアイテムでキラキラと反射する光の雨を降らせた。

私は完成作に陶酔した。一目見ただけで引き込まれる華やかな世界観。表現豊かで上品なアバターに仕上がった自信がある。

まずどうだこのレアアイテムづくしの豪華なコーディネートは。これだけテーマに沿ったレアアイテムを組み合わせられる者が他にいるだろうか。しかしレアアイテム以上にこだわったのはこの色調だ。全体を紅色でまとめたことで金色の刺繍《ししゅう》や長襦袢《ながじゅばん》、扇子、そしてかんざしが映えるように工夫した。更にそこに桜の花びらを降らせ、髪の毛や番傘も桜色にしたことにより春のイメージを際だたせた。最後に『天の恵』で雨を降らせることにより『春の雨』というテーマを完成させただけでなく、雨で桜が散るという演出に成功した。この演出は我ながら最高のアイデアだと思っている。この表現は誰にも負けない自信がある。

まさに最高傑作だった。

超レアアイテム『バタソライ花魁』を中心にコーディネートしたアバターは他のアバターと圧倒的な差をつけるに違いない。審査員も私のコーディネートと表現力に心奪われることだろう。

私はこれでグランプリを獲る！

そう心に誓った私はコンテストについにエントリーした。携帯の時計を見ると締め切り十分前だった。

エントリーしたばかりだから落ち着かなかったけれど、じっとしている時間なんてなかった。私はすぐに合成部屋に行って、一週間ぶりにレアアイテム集めを再開したのだった。

それから発表までの二週間、私は横浜駅で男を釣りながらレアアイテムを集める日々を送った。

十日後にはとうとうレアアイテムは100個に達し、私はこの時から阿波野を意識し始めた。恐らく阿波野ですらこれだけのレアアイテムは持っていないだろう。持っているはずがない。私は阿波野よりも何十倍も苦労し努力しているのだから。

私は女王阿波野を超えたんだと自分に強く言い聞かせた。

そして待ちに待った5月24日を迎えた。結果発表のこの日、私は何も手につかなくて一日中アバQに繋《つな》いでいた。どうやら阿波野もエントリーしているらしく、彼女も授業中ソワソワしながらずっと携帯を眺めていた。

アバQからミニメールが届いたのは午後六時だった。ちょうど台所でお米を研いでいた私はすぐにアバQにアクセスした。

これは結果通知メールに違いなかった。

私はなかなか見られなかったけれど、恐る恐るメールを開いてみた。

『アバQ事務局、事務局長のクミです。おめでとうございます！　ミチコさんがグランプリに選ばれました！』

夢でも幻でもない。ミニメールには確かにグランプリと書いてあった。

私は携帯を持つ手が激しく震えた。片手では持っていられず両手でしっかりと握りしめた。

この私が、グランプリ……？

まだ信じられなくて、私はマイページからトップページに移動した。すると『第十回アバターベストドレッサーコンテスト結果発表』と出ており、クリックすると私のアバターが表彰台の一番上に立っており、笑顔で万歳を繰り返していた。頭上にはくす玉がぶら下がっており、『PUSH ENTER』と出た。クリックするとくす玉が真っ二つに割れて、『グランプリおめでとう！』という垂れ幕と一緒に紙吹雪が舞った。その直後に再びアバQからミニメールが届き私はすぐに開いた。

『アバQ事務局、事務局長のクミです。このたびは第十回アバターベストドレッサーコンテストグランプリおめでとうございます。ミチコさんにはベストドレッサーの称号が与えられ、優勝賞金10000Gと副賞として黄金のティアラが贈られます。本当におめでとうございました！』

ミニメールを読み終えた私はもう一度トップページに移動して結果発表のページをクリックした。下にスクロールすると審査員長からの総評が記されてあった。

『記念すべき第十回のコンテストは満場一致でミチコさんのアバターがグランプリを獲得しました。レアアイテムを上手《うま》く使ったコーディネートに審査員一同が感動しました』

審査員長からの総評を読んでいる途中だった。一気に十七件もミニメールが届いた。何事だとメールボックスを開くと知らない人からの『友達希望』メールであった。

『ミチコさん、ベストドレッサー受賞おめでとうございます！　良かったら私と友達になってくれませんか？』

『ミチコさんのアバターを見て一瞬にして引き込まれました！　素晴らしいセンスですね！　僕と友達になってください！』

『おめでとうございます！　見事なコーディネートでした！　あんなにレアアイテムを使われたら勝てませんよ（笑）。暇な時でいいんでメールください！』

『ミチコさんのアバ、やばすぎです！　一緒にアバプリ撮らせてもらってもいいですか？　できたら友達になりたいです』

確認している途中でまたミニメールが十一件届き、それも全て『友達希望』だった。この様子だとしばらく止まりそうになかった。

グランプリの反響はもの凄《すご》くて、足跡もこの数分間で一万を超え、今まで何も書かれていなかった伝言板は祝福コメントでズラリと埋めつくされた。

全国のみんなが私を褒め、羨《うらや》み、そして尊敬している。

私の夢が現実になった瞬間だった。

段々とグランプリの実感が湧き、じわじわと喜びがこみ上げてきた。

私は1000万人の頂点に立ったんだ！

運じゃなくて実力でグランプリを勝ち取った。

生まれて一度も一位なんてとったことがなかった私が初めて一位になれたんだ。

私はあまりの嬉《うれ》しさに涙が滲《にじ》んだ……。

当然でしょ。

涙を拭《ぬぐ》いながら心の中で言った。

私はグランプリを獲《と》りたいという想いが誰よりも勝っていた。そのために苦悩し、試行錯誤を何百回も重ねてきた。またこれだけ豪華なレアアイテムをたくさん使ったのだ。勝つのは当たり前なんだ。

でもグランプリを獲った理由はそれだけじゃないと私は思っている。

私は誰よりもアバターを愛し、誰よりもアバターを進化させることを考え、そして誰よりもレアアイテム集めに努力してきた。あまりのG欲しさに最後は犯罪にまで手を染めたんだ。

誰よりも努力して、更に危険まで冒してアバターを進化させてきたのだ。遊びでやっている奴らとはアバターにかける想いが違うのだから、グランプリを獲って当然なんだ……。

私は最高の名誉を得た。

選ばれた者のみプロフィールに記される称号『ベストドレッサー』。私はその称号を見て優越感に浸った。これだけはどんなにお金があっても手にすることはできない。誰もが欲しがる名誉を私は手に入れたんだ！

私はアバターに深く感謝した。

ミチコ、と私は心の中で声をかけた。

私はミチコのおかげで日本一になり最高の名誉を得ることができた。

感謝の気持ちを込めて、これからミチコに黄金のティアラをつけるよ。

私は『アイテムバッグ』をクリックし、光り輝く『黄金のティアラ』を選択した。

アバターが黄金のティアラをつけた姿を見た瞬間私は身震いした。

私の瞳《ひとみ》には、アバターが女王のように映っていた。

＊

グランプリを受賞して一夜が明けたけれど未《いま》だ『友達希望』メールはおさまらず携帯は鳴りっぱなしだった。家を出る前にマイページを確認したら伝言板の祝福コメントは一万に達していて、足跡はとうとう二十万を超えた。でもまだまだ数は増えそうだった。私はカリスマになったようで気分がもの凄くよかった。

いつもと同じ時間に学校に到着した私は自転車を駐輪場に置いて校舎に向かった。

すると校舎前に女子が五十人近く集まっていた。何事かなと見ているとその中の一人が私を指さした。その瞬間全員が黄色い声を上げながらこちらに走ってきて、私はあっという間に囲まれた。みんな憧《あこが》れの人を見るような目で私を見ている。その中には三年生もいた。

全員の顔を見てみると二年A組のクラスメイトは一人もいなかった。私のハンドルネームを知っているのはA組のごく一部だけのはずなのに、この様子を見るとすでに学校中に情報が知れ渡っているようだった。

「阿武隈川さん、ベストドレッサー賞おめでとうございます!」

一人がそう言うと、

「おめでとうございます!」

と全員が声を揃えて言った。まるで練習してきたかのようだった。その直後次々と祝福の声と質問が飛んできた。

「阿武隈川さん、最高のコーディネートでしたよ!」

「一千万人の中から選ばれるなんてマジすごい! 超天才ですよ!」

「なんであんな美しいアバ作れるんですか?」

「どうしたら私も入賞できますか？　よかったら私のアバ見てもらってもいいですか？」

「私にもアドバイスしてください！」

「阿武隈川さんは超レアアイテムまで持っているんですね。ちなみにレアアイテムはいくつくらい持っているんですか？」

初めは記者会見のような雰囲気だったけれど段々騒動に発展していった。

「ベストドレッサーの称号見てみたいです！」

「黄金のティアラも見せてください！」

「友達希望メール送ってもいいですか？」

「私も承認してください！」

「私は阿武隈川さんのサインが欲しい！」

「あ、私も欲しい！」

「何言ってるの私からよ！」

「やだちょっと押さないでよ！」

「あんたこそ押さないで！」

ホームルーム開始五分前のチャイムが鳴っても彼女たちには聞こえておらず騒動は収まらなかった。このままでは遅刻してしまうと、私は彼女たちを掻《か》き分けて教室に向かった。振り返るといつの間にか百人以上がついてきていた。私は映画スターになった気分だった。

教室に入ると今度はA組の女子たちが一斉に私を囲んだ。昨日まで阿波野阿波野だったのに、今阿波野を見ている女子は誰一人としていない。

驚いたことに輪の中には片山と仮屋の姿もあった。阿波野のことなんてもう忘れたというようにこちらに熱い視線を送っている。全く調子のいい奴らだ。私がグランプリを獲ったら手の平を返してきた。

あれだけ阿波野を慕っていたのに薄情な奴らだなと私は思ったけれど、もっとも阿波野たちは信頼関係で結ばれていたのではない。片山と仮屋は阿波野自身に惹《ひ》かれていたのではなく、阿波野のアバターが華やかで、レアアイテムをたくさん持っているからくっついていただけだ。ある意味可哀相な奴らだった。

ほんの一瞬だけれどみんなの隙間から阿波野の姿が見えた。阿波野だけは席に座っていて片山と仮屋を睨《にら》み付けていた。私はその姿を見て嘲笑《あざわら》った。

「阿武隈川さん、グランプリおめでとうございます！　とても素晴らしいコーディネートでしたよ」

ある一人が言った。A組の女子たちは全員私を『アブコ』と呼んでいたけれど、グランプリを獲った途端態度が急変した。グランプリの影響はもの凄いなと改めて実感した。

「私のクラスにグランプリ受賞者がいるなんて本当にもう自慢ですよ」

「そうですよ。だって一千万人の頂点ですよ！」

「そういえば朝ネットのニュースで阿武隈川さんのアバターが出ていましたよ」

私はその情報に反応した。

へえ、それは知らなかった。じゃあ私は今全国で有名なんだ。

「それ私も見た！」

「私も！」

「すごい阿武隈川さん。超有名人じゃないですか」

「あの、握手してもらってもいいですか？」

私は快く応じた。

「私は一緒に写メ撮らしてもらってもいいですか？」

「私はサイン書いて欲しいです！」

「あとで友達希望出すんで承認してください！」

「私も！」

「私も！」

私はみんなの賞賛がたまらなく快感だった。でもまだだ。もっと褒めてほしい。もっと崇《あが》めてほしい。

私はどこまでもどん欲な女なんだなとこの時改めて思った。これだけの賞賛を浴びながらも、更に高みに登りたいと思ったのだ。

私が通るだけでみんなが跪《ひざまず》くくらいの神的存在になりたい……。

教室に担任がやってきてもA組の女子は席に着こうとはしなかった。担任が怒鳴り声を上げてやっとみんな席に着いた。ずっと囲まれていたから分からなかったけれど、未だに廊下には百人近い女子が何かに取り憑《つ》かれているかのように私を見ていた。A組の女子も席には着いたけれど担任を無視して私を見つめ続けている。みんな瞳が輝いていた。

「阿武隈川さん」

横を向くといつの間にか西園寺真琴が傍に立っていた。担任がホームルームを始めようとしているのにお構いなしだった。担任は呆《あき》れて教室を出て行ってしまった。男子たちは茫然《ぼうぜん》と私たちを見ている。

「とうとうあなたの時代がやってきましたね。私はこの時がくると信じていましたよ」

西園寺は長い髪の毛の隙間から顔を覗《のぞ》かせて言った。

「私の、時代？」

「そうです。阿波野の時代は終わりました。これからはあなたの時代なんです。あなただってそれは実感しているでしょう」

阿波野はじっと私を睨み付けている。でも私はもう阿波野に恐怖心を抱くことはなかった。

「私が……女王」

「はい？」

「ううん。独り言」

西園寺はうんうんと頷《うなず》いた。

「そうです。あなたがこの学校の女王なんです」

西園寺は突然私にこう提案してきた。

「阿武隈川さん、今すぐにあなたのサークルを作るべきです」

「サークル？」

「そうです。アバターのサークル、アバサーです」

西園寺は女子たちを振り返って言った。

「彼女たちをご覧なさい。彼女たちの瞳《ひとみ》にはあなたしか映っていない。あなたの言うことなら何でもきくでしょうね。言わばあなたの信者ですよ」

「……信者」

その言葉は私の胸にじんと響いた。

「あなたの信者は学校外にもたくさんいるでしょう。どんどん信者を集めてサークルが大きくなっていけば全てあなたの思いのままですよ。将来日本を支配することだってできるかもしれない」

私は生唾《なまつば》をのみ込んだ。

「日本を、支配」

大それた話だが私は身体がゾクゾクした。

「まずは学校内の信者を増やして、それから横浜市、神奈川県、そして全国にサークルを拡大していくのです。どうです？　私がお手伝いしますから」

私は断る理由がなかった。西園寺の言うようにサークルが全国に広がれば私は本当に神的存在になれるかもしれない。

私は西園寺に任せることにした。

「ところで西園寺さん」

「はい」

「どうして私のために色々と協力してくれるの？」

西園寺はフフと笑ってこう言った。

「あなたとは同じ匂いがするからです。だからあなたをサポートしたいんですよ」

3

夜中の校庭には赤い絨毯《じゅうたん》が一直線に敷かれ、絨毯の両端には何百本もの蠟燭《ろうそく》が立てられた。私はその絨毯の上を歩き、蠟燭で照らされた朝礼台に立った。

朝礼台の真横に立つ西園寺が私に頭を下げると目の前にいる信者たちも深々と頭を下げた。その動作には少しの乱れもなく、私は信者たちを見渡して頷いた。

サークルを結成してからまだ一週間しか経っていないが、信者の数は百三十人にまで膨れあがった。全員学校の女子で、この大半は西園寺の呼びかけで集まった者たちだ。その中には片山と仮屋の姿もある。二人は阿波野の元信者ということもあり列の最後尾に配置しているが、朝礼台の上から見ても二人の顔は全く分からない。

なぜなら全員が『ガスマスク』をつけているからだ。もちろん私と西園寺もつけている。シューシューという怪しい音が私の耳には心地よかった。

ガスマスクをつけるよう西園寺に指示を出したのは四日前だった。合成で『ガスマスク・金』というレアアイテムを手に入れたのだが私は案外そのアイテムが気に入り、集会の時はアバターと信者につけさせることに決めた。私たち自身がつけているガスマスクは黒一色だけだが、アイテムの方は金、銀、銅、迷彩の四色に分かれており、迷彩のみ普通アイテムになっている。

金のガスマスクを手に入れた私は素材を変えて銀と銅も作り、幹部の西園寺には銀を与えた。他の信者たちには迷彩のガスマスクを与えた。

「西園寺」

「はい道子様」

「今日も信者たちは全員揃っているか？」

「もちろんです。道子様がいらっしゃるのですから欠席する者は一人もおりませんよ」

「そうかそうか」

私は頷いて信者たちを見た。全員ガスマスクをつけているから顔は分からないが私に熱い視線を向けていることであろう。

「道子様」

西園寺が私を見上げた。

「松元《まつもと》から道子様にご報告があるようですがよろしいですか？」

「ここに呼びなさい」

「かしこまりました」

西園寺は中央の列の先頭に立つ松元直美《なおみ》を呼んだ。松元は私の前に立つと一礼して言った。

「道子様、今日も入会希望者を一人連れて参りました。ここに呼んでもよろしいでしょうか？」

許すと松元はありがとうございますと言って体育館の方に手を上げた。すると西園寺と同じくらい髪の長い女子がこちらに走ってやってきた。小柄で痩《や》せ細っていていかにも気弱そうな子だった。松元は彼女の耳元で、

「道子様に自己紹介して」

と囁《ささや》いた。しかし彼女は私を目の前にすると緊張してなかなか声が出ないようだった。

「落ち着きなさい」

優しく声をかけてやるとやっと口を開いた。

「道子様初めまして。一年B組の入江《いりえ》京子《きょうこ》と言います。私は道子様を素晴らしいお方だと尊敬しております。道子様どうか私もメンバーの一員にしてください」

ボソボソ声だから聞き取りにくかったが私に対する強い想いは伝わった。

また一人信者が増えて、これで百三十一人になったぞと私は心の中で笑った。

「わかった。あとで西園寺からガスマスクを貰《もら》いなさい」

入江は目を輝かせて言った。

「ありがとうございます。道子様に褒めていただくために一生懸命アバターを進化させてゆきます」

松元は入江の腰に手を当てた。

「さあ行きましょう」

二人は私に一礼して列に戻っていった。

「松元」

呼び止めると松元は足を止めて振り向いた。

「はい、何でしょうか」

「お前はなかなかいい働きをしているから、もっと私に尽くせば銅のガスマスクを与えよう」

その言葉に松元は泣いて喜んだ。

「ありがとうございます。ありがとうございます。これからも道子様のために一生懸命頑張ります」

松元はガスマスクを外して袖《そで》で涙を拭《ふ》いた。恐らく初めて人に認められたのだろう。

私は松元が愛おしく思えた。

私は朝礼台を降りて松元の肩に手を置いてやった。すると松元は声を詰まらせて泣き崩れたのだった。

今信者の中で一番功績を上げていて最も信頼できるのがこの松元直美だった。彼女は今週だけですでに十人の信者を連れてきている。またアバターを進化させることにも一番どん欲だ。

松元は二年C組の生徒で、学校の女子の中で一番太っている。ただそれだけでクラスメイトからは『大関直美』というあだ名をつけられてイジメを受けているそうだ。恐らく小中学時代もずっとイジメを受けていたはずだ。

でもやっと彼女は自分の居場所を見つけたのだ。集会で見せる松元の顔は生き生きとしている。

私に忠誠を尽くすことが彼女の生きる全てなのだ。

私には見える。松元が近い将来幹部になっている姿が。

私は松元の肩を抱きながら叫んだ。

「みんなよく聞け！　銅のガスマスクが欲しければたくさんの信者を集めよ！　今のままでは松元に先を越されるぞ！　私に未知のレアアイテムを献上してもいい！　もしくは自身のアバターをもっともっと進化させよ！」

私は携帯を取り出して信者たち全員に画面を向けた。信者たちは私の周りにゾロゾロと集まってきた。

「私は今日もまた新たなレアを手に入れたぞ！　☆3の『女王のドレス』だ！」

信者たちからどよめきが上がった。画面におさまりきらないほど裾《すそ》の長い銀白色の豪華なドレスだ。私はこの『女王のドレス』をメインにしたコーディネートを信者たちに見せた。

頭にはもちろん黄金のティアラだ。背景は☆2の『女王の間』を選んだ。赤い絨毯の階段の上に背もたれの大きな金色の椅子が置かれた背景だ。左手には☆1の『幻のサファイア』をつけ、右手には☆2の『ベルサイユのステッキ』を持ち、頭上には☆2の『ダイヤのシャワー』を降らせた。そして今は顔に『ガスマスク・金』をつけている。

「どうだ私の女王コーデは！　お前たちもどんどんアバターを進化させ、サークルをもっともっと大きくしていこうではないか！」

私が右手を夜空にかざすと、道子様！　道子様！　と声が上がり、最後は全員で大合唱となった。

＊

玄関の扉を開くと外には五十人近い信者たちが迎えにきており先頭に立つ西園寺が、

「おはようございます」

と挨拶《あいさつ》すると信者たちも頭を下げた。

「道子様おはようございます」

私は大勢の信者たちを見渡しておはようと返した。

「さあ道子様参りましょうか」

西園寺が言った。私は頷《うなず》いて列の先頭に立ち大勢の信者を引き連れて学校に向かった。

校門前には残りの信者たちが待っていた。中央には松元が立っており全員に号令をかけた。

「道子様おはようございます」

私は松元の目を見て返事した。松元は深々と頭を下げ、

「どうぞ」

と中に案内した。私は校門をくぐり校舎の中に入った。

学校中の人間が大名行列に目を奪われている。教師は恐ろしいものでも見ているかのような目で私たちを見ていた。

教室に入ると片山と仮屋が私の椅子を引いて待っていた。

椅子に座ると片山が私の耳元で言った。

「道子様、前園《まえぞの》さんの件でちょっとお伝えしたいことがあるのですが」

深刻そうに言うから私は彼が心配になった。

「彼に何かあったのか？」

「私が直接聞いたわけではないのですが……」

片山から話を聞いた私は西園寺と目を合わせた。

「そうか。前園くんが」

何とかして彼を助けてあげたいと思った……。

私は今二年B組の前園圭介《けいすけ》に夢中だ。彼は野球部に所属していて、ポジションはピッチャーだ。今はレギュラーではないが、近い将来彼が野球部のエースになることを私は信じている。

一目惚《ひとめぼ》れしたのはほんの五日前のことだった。その日は雨が降っており、屋内練習場でピッチング練習をしている彼を偶然見かけた。彼の存在は一年の頃から知っていたが今まで意識したことなんて全くなかった。私は背が高くてアイドルのような美しい顔立ちをした男子がタイプだが前園はその逆だからだ。筋肉質ではあるが背はそこまで高くないし顔は猿系でお世辞にも良いとは言えない。

でも練習している時の彼の真剣な表情と時折見せる可愛らしい笑顔に心奪われてし

まった。その日から前園を目で追うようになり彼の情報を仕入れるよう信者たちに命令した。

その彼がどうやら家が貧しくて新しいグローブが買えないと野球部員に話していたらしいのだ。

今の私はいくらでも野球道具を買う力を持っている。しかし直接手渡すのは信者の目もあるし恥ずかしい。山之内の時のように憧《あこが》れで終わらせるつもりはないが告白する勇気はまだない。

ならばどうやって困っている彼を助けてあげようか非常に悩む。

「西園寺、彼にグローブを買ってあげたいんだが……」

信者たちの前だからその先は言いづらかったが西園寺は私の気持ちを読み取ってくれた。

「では道子様だと分からないようにコッソリと贈られてはどうでしょう」

私は西園寺の案に喉《のど》を鳴らした。

「それは少し寂しい気もするなあ」

「今はそうかもしれませんが時期が来たら真実を明かせばいいじゃありませんか」

それなら匿名でも無駄ではないか……。

私は西園寺の言葉に納得した。

「うん、そうしよう」

「では早速信者たちに金を集めさせます」

西園寺はそう言って教室を出て行った……。

翌日の放課後、私と西園寺は誰もいなくなったのを確認して二年B組の教室に忍び込んだ。グローブをロッカーに入れるだけだから松元にでも任せようかと思ったが、やはり自分の手でプレゼントを贈りたかった。

私は『前園』と書かれたロッカーを開けた。中には脱ぎっぱなしの体操着が入っており彼の汗の臭いがした。体操着を持って帰りたい衝動にかられたが臭いを嗅《か》ぐだけにとどめておいた。

「西園寺」

私は西園寺からプレゼント用に包まれたグローブを受け取った。前園がどのグローブを欲しがっているのかまでは分からなかったから店の中で一番値段の高いグローブを買ってきた。仮に前園が欲しいグローブではなくても最高級品だから喜んでくれるに違いない。

私は体操着をたたんで、その上にそっとグローブを置いた。

ロッカーを開けてグローブを見た瞬間彼はどんな表情をするだろう。その姿を早く見たかった。

私はグローブに思いを込めてロッカーを閉じた。

前園くん、このグローブで野球頑張ってね。私は心の中でエールを送った。


翌日の朝教室に着くなり片山と仮屋が慌ててやってきた。

「道子様きてください」

片山が耳元で言った。

「どうしたの？」

「前園さんがグローブに気がつきました」

私は仮屋の言葉にハッとなって立ち上がった。

私たちは知らぬふりしてB組の前を通った。教室の真ん中に前園がいて、みんなにグローブを見せていた。

「マジで？」

B組のある一人が驚いた声を発した。私は手洗い場で手を洗いながら前園たちの会話を聞いた。

「マジだよ。ロッカー開けたらこれが入っててよ」

「おいおい誰だよ。ファンか？　やるねえゾノちゃん」

私はちらと振り返った。前園はみんなにからかわれて顔を赤くしていた。

「別にファンなんかいねえよ」

「マジで心当たりねえの？」

「ねえよマジで」

「でもよお、それ超高そうじゃん」

「たけえよ。ブランドだもんよ。十万はするぜ」

その金額にみんな驚いた。

「マジかよ！　だったら使わせてもらえば？　ゾノさあ、いつもグローブ欲しいって言ってたじゃん」

前園はグローブをはめてパンパンと叩《たた》いた。

「だよなあ。使わねえのもったいねえもんな」

「ラッキーだなゾノ」

「おう、どこの誰かしらねえけど感謝だぜ」

私は彼に背を向けながらクスクスと笑った。

よかった気に入ってもらえて。

そのプレゼントは私があげたんだよ前園くん。私の想いがたくさん詰まっているから大切に使ってね。

私、前園くんが活躍できるようにこれからも陰で支えてあげるから……。

＊

私はもっと彼の力になりたくてその日も信者たちに金を集めさせた。

西園寺と相談してバットを購入し、翌日の放課後同じくロッカーに入れたのだった。

残念ながらタイミングが合わず前園がバットを発見した瞬間は見られなかったが、帰りがけコッソリ練習を見に行くと私が選んだバットを使ってくれていた。

その姿を見た時、彼の彼女になれたような気がして胸がドキドキした。圭介、と声に出して応援できたらどれだけ幸せだろうと思った。

信者の情報によると前園はグローブとバットがとても気に入っているらしく、ロッカーの中ではなく直接渡してくれればお礼を言えるのにと友達に言っていたらしい。

私は彼の気持ちがとても嬉《うれ》しくて、その二日後に今度はスパイクを購入したのだった。

西園寺とB組の教室に忍び込んだ時、時計の針は六時半を過ぎていた。今日はB組の担任が補習授業を行ったせいで教室が空かずこんな遅い時間になってしまったのだ。

B組の生徒が補習授業を受けている間私たちはすぐ近くの喫茶店で待機していた。およそ二時間後、教室の明かりが消えたのを確認して店を出たのだった。

前園のロッカーを開けた私はまず最初に体操着を手にとって今日も彼の汗の臭いを嗅いだ。彼の汗の臭いを嗅ぐと心がとても落ち着くのだ。私は彼に抱きしめられている自分を想像した後体操着を丁寧にたたみその上にスパイクを置いた。

前園くん、今日はスパイクを贈るよ。

これも最高級品だから絶対に気に入ってくれるはず。

足のサイズは28センチでよかったよね？ ちゃんと調べたから間違いないよね。私偉いでしょ？

前園くんは私から直接受け取りたいみたいだけどまだそんな勇気ないんだ。だから今日もロッカーに入れておくね。これを履けばきっと今より速い球を投げられるよ。頑張ってね。

私は前園にエールを送りロッカーを閉めた。

その時だ。西園寺が何か気配を感じたらしく素早く後ろを振り向いた。

「誰！」

振り返った時には廊下に足音が響いていた。どうやら何者かが私たちの行動を盗み見ていたらしい。私と西園寺は慌てて教室を出た。逃げ足が早くて一瞬しか後ろ姿が見えなかったが犯人は確実に女子だった。

遠くの方から階段を降りる音が聞こえてくる。

私は西園寺に追わせようとしたが止めた。相当距離の離れたここからでは追いかけても捕まえられそうになかった。

私と西園寺はしばらく廊下に立ちつくした。私は怒りに震えていたが、全身嫌な汗が噴き出ていた。

まずいことになった。絶対に見られてはならない現場を見られてしまったのだ。

もしこのことが学校中に知れ渡ったらとんだ恥をかく……。

あの女は一体誰だ。あの後ろ姿……。

私の脳裏にある一人の女が浮かんだ。それは私に女王の座を奪われた阿波野妙子だった。


翌日の昼休み前園に屋上へ呼び出された。なぜ呼び出されたかは言うまでもない。昨日のあの女が前園に密告したのだ。予測はしていたが全く余計なことをしてくれた。

しかし正体がバレてしまっては仕方がない。私は覚悟を決めて、これから彼に想いを伝えようと思う。告白なんて生まれて初めての経験だから、会う前からすでに心臓は張り裂けそうなくらい暴れている。でも大丈夫。前園は私のプレゼントに喜んでくれているし、何より今の私は昔と全然違うんだ。彼はきっといい返事を聞かせてくれる。

私は西園寺を連れて屋上に向かった。屋上の扉を開くと前園が金網に靠《もた》れて立っており、私がプレゼントした野球道具を抱えていた。

「前園くん、どうしたの？」

私は白々しく聞いた。

「これ全部お前の仕業なんだってな」

予想とは裏腹に彼はなぜか激昂《げっこう》していた。私は彼の表情を見たら告白どころではなくなった。

「え？　何のこと？」

認めることすら恐くて私はとぼけた。

「ふざけんなよ。阿波野から情報が入ってんだよ。お前が俺のロッカーにこれを入れてたってな」

私の脳裏に阿波野が舌をチロリと出した顔が浮かんだ。やはりあの女だったか。余計なまねしやがって……。

「どういうつもりか知らねえけど、もうこういうことするの止めてくれねえかな」

信者の情報とは全く逆で前園は迷惑そうに言った。

「でも、気に入ってくれているんじゃ」

「は？　正体がお前って聞いたら使う気なくしたわ。マジでがっかりだぜ」

私は心臓を貫かれた思いだった。あまりのショックに言葉を失った。

「とにかくよ、気持ちわりいから止めてくれ。それと変な噂立てられたくねえから二度と俺に近づくなよ。いいな？　ブス」

前園はそう言い放つと私があげた野球道具をその場に捨てて屋上を去っていった。

嘘だ、と私は首を振った。今のは前園じゃない。私が知る前園は誰にでも優しくて笑顔が可愛らしい人だったはずだ。

大好きな彼からぶつけられた心無い言葉の数々に私の心はガラスのように粉々となり、とうとう立っていることができずその場に崩れ落ちた。


私はトイレの鏡の前に立って自分の顔をじっと見つめた。

ブス、ブス、ブス。

前園に言われたブスという言葉が何重にもなって耳に響く。

そう、私は女王だがブスにかわりはない。誰が見ても私の顔は醜い。

目は一重で細く、鼻は低くて小さく、唇は形やバランスが悪く前歯が出ている。おまけに頬骨とエラが張っているから岩のようだ。私はこの顔のせいで何度も惨めな思いをしてきた。汚いと言われたことだってあるのだ。

しかしこんなにも自分の顔が憎いと思ったのは初めてだ。この醜い顔が許せない！

私のアバターは美しいのに、どうして私はこんなにも醜いんだ。もし私が美人だったら前園は何て言っただろう。少なくともあんな冷たい態度はとらなかったはずだ。

私を見る前園の目は嫌悪感に満ちており、まるで汚い物を扱うような態度だった。

事実前園は私を気持ち悪いと言った……。

段々瞼《まぶた》が痙攣《けいれん》し頬が引きつってきた。見れば見るほど歪《ゆが》んで見える。

私は自分の顔が忌々しくて目の前の鏡を拳《こぶし》でたたき割った。

こんな顔捨てたい。

アバターのように顔面ごと取り替えたい。

顔が美しくなれば今以上に華々しい人生になるだろう。

アバターのように美しくなりたい。

顔を変えて、私は生まれ変わりたい……。

「道子様」

ずっと後ろに立っていた西園寺が徐《おもむろ》に口を開いた。

「全てはあの女のせいです。あの女が余計なことをしなければ！」

西園寺の声は怒りで震えていた。

「道子様、今すぐあの女に復讐《ふくしゅう》すべきです」

私は自分が生まれ変わることで頭がいっぱいで阿波野どころではなかった。

「道子様」

西園寺の声色が急に深刻なものに変わった。

「私事で申し訳ありませんが、私はあの女を恨んでいます。あの女のせいで私はどれだけ辛《つら》い日々を送ってきたか……。

私はずっとあの女に復讐したいと考えておりました。あの女の苦しむ姿を見られたらどれだけ幸せか。

道子様どうかお願いします。私のためにも是非信者たちに復讐の命令をお出しください」

「お前に任せる」

西園寺は深々と頭を下げた。

「ありがとうございます道子様」

「そんなことより西園寺」

「はい」

「私はこれから生まれ変わろうと思うのだがどう思う？」

「生まれ、変わる……」

考えていることを伝えると西園寺は目を輝かせて言った。

「生まれ変わるとはそういう意味でしたか。素晴らしいです。道子様がお美しくなられるのですから、私はもちろん大賛成です」


放課後、教室の扉が開くと大勢の信者がゾロゾロとやってきた。その先頭に立つ松元が私に言った。

「道子様、阿波野を捕まえました」

「ここへ連れてこい」

私に代わって西園寺が命令した。信者たちは阿波野を連れてくると乱暴に正座させた。両腕を掴《つか》まれ顔を強引に上げさせられた阿波野は私をヘビのような目で睨《にら》んだ。

「なぜここに連れてこられたか分かるな？」

西園寺が言った。

「道子様に謝れ」

阿波野は無視して鼻で笑った。

「愛《いと》しの前園くん喜んでたでしょ？　アブコからたくさんプレゼントを貰《もら》って」

阿波野は嫌みたらしく言うとまた笑った。私は表情一つ変えなかったが怒りが沸き立っていた。

「やれ」

信者たちに命令すると集団リンチが始まった。輪の中にいる片山と仮屋も一切の手加減無く暴行した。

「道子様、私もよろしいでしょうか」

西園寺は身体がウズウズしているようだった。

「殺さない程度にな」

西園寺は私に一礼すると表情が一変した。目を見開き歯を剝《む》き出しにして阿波野の顔を何度も踏みつけた。

「死ね死ね死ね死ね死ね死ね死ね死ね！」

阿波野の顔は血まみれになり制服はボロボロに破けた。私は顔の血を流してやろうと思い信者にバケツを用意させた。信者は水をたっぷり入れてくると一気に阿波野に浴びせた。

今度は化粧をしてやろうと思い、私は信者に黒板消しを持ってこさせた。合図を出すと信者は黒板消しを阿波野の顔にこすりつけた。阿波野の顔が真っ白くなると信者たちは大笑いした。

私は再びリンチするよう命令した。最初は抵抗していた阿波野も今はもうグッタリとなってしまっている。私は右手を上げて暴行を止めさせた。しかしこれで終わりにするつもりはない。私は最後に最大の屈辱と痛みを味わわせてやろうと思った。

「西園寺、こいつの携帯を奪え」

「かしこまりました」

西園寺は阿波野のポケットから携帯を奪った。

「アバQに繋《つな》いで、そいつのアイテムを全部ゴミ箱に捨てろ」

ぐったりとなっていた阿波野だが、その命令には過敏に反応した。

「やめて！　やめてよ！」

西園寺は嬉《うれ》しそうに返事した。

「はい、道子様」

阿波野は手を伸ばしながら叫んだ。

「お願いだから止めて！　アバターは私の全てなの！　だからお願い！」

西園寺は一瞥《いちべつ》して鼻で笑うと、阿波野が苦労して集めたアイテムを次々と捨てていった。阿波野のアイテムは何百種類もあったから作業が終わったのは一時間後だった。

「道子様、終わりました」

西園寺は言って私に携帯画面を見せた。阿波野のアバターは初期のTシャツ短パン姿に戻っていた。それを見た私は大笑いした。

「いい気味だねえ。お前にはお似合いだよ」

私がいつか阿波野に言われた言葉だった。

阿波野はアバターの惨めな姿に首をガクリと折った。

私は西園寺に最後の命令をした。

「そいつの携帯を折ってやれ」

「かしこまりました道子様」

西園寺は阿波野を見下ろしながら携帯を真っ二つに折りその場に捨てた。

「いいか阿波野。私に刃向かうとこうなるんだ。痛い思いしたくなければ逆らわないことだね」

阿波野はよろけながら立ち上がり、怒りに震えながら教室を出て行った。

阿波野の惨めな姿に私と西園寺は顔を見合わせ笑った。

私は立ち上がり、阿波野の壊れた携帯を踏んづけて教室をあとにした。

翌日阿波野は当然のように欠席した。そしてその三日後、つまらないことに阿波野はあっさりと退学届を提出したのだった……。

4

横浜駅からほど近いビルの中に『本橋《もとはし》美容整形クリニック』はあった。

私はエレベーターを五階で降り、『本橋美容整形クリニック』と書かれた自動ドアをくぐった。中は白い壁とダークブラウンのモダンな家具で統一されておりとても病院とは思えないお洒落《しゃれ》な造りだった。

受付には綺麗《きれい》な女性が二人座っており、私を見ると二人は同時に立ち上がって丁寧に頭を下げた。

私は自分の顔を見せるのが嫌で下を向きながら受付嬢に言った。

「五時から予約していた阿武隈川です」

「お待ちしておりました阿武隈川様。待合室へご案内いたします」

待合室に案内された私は真っ白いソファに腰掛けた。

「少々お待ちください」

私は俯《うつむ》いたまま頷《うなず》いた。

待合室も病院とは思えないほど豪華な造りになっている。テーブル、花瓶、絵画、恐らく全て高級品だろう。

部屋を見渡した私は息を吐いた。

多少緊張はしているが期待感の方が遥《はる》かに大きかった。だって私はもうじき美しさを手に入れるのだから……。

五分後受付嬢が私を呼びにやってきた。

「阿武隈川様、カウンセリングルームへご案内いたします」

私は返事をして受付嬢の後ろをついていった。受付嬢がカウンセリングルームの扉をノックすると中から男性の声が聞こえてきた。

「どうぞ」

「先生、阿武隈川様をお連れしました」

医師は椅子から立ち上がって笑顔で招いた。

「お待ちしておりました。さあ中へどうぞ」

カウンセリングルームと言っても室内は診察室のような雰囲気だった。私は中に入ると医師に頭を下げた。医師は白衣から名刺入れを取り出し私に名刺を差し出した。

「初めまして院長の本橋と言います」

本橋は女性のような柔らかい口調で挨拶《あいさつ》した。年は五十前半といったところか、大柄で髭《ひげ》をはやしているから一見恐そうな感じだが、笑顔が優しく非常に物腰が柔らかな医師だった。

「阿武隈川さん、座りましょうか」

私は返事して回転椅子に座った。本橋は私の顔を覗《のぞ》き込んで言った。

「緊張していますか?」

私は首を振った。

「いいえ。早く顔を変えたくてウズウズしています」

私の言葉に本橋は驚いた様子を見せた。

「そんなに自分の顔が嫌いですか?」

「はい、大嫌いです」

本橋は真剣な表情で頷いた。

「では好きになってもらえるように精一杯力を尽くします」

「お願いします」

本橋は手術までの説明を始めた。

「まず阿武隈川さんのご要望をうかがい、手術法、手術内容の説明をした後シミュレーションを行います。そこで納得いただければ手術の手続きとなります」

私は説明を聞きながら早く具体的な話をしたいと思っていた。

本橋は机に置いてあるファイルを手に取ると書類を見ながら言った。

「電話相談では、目と鼻と頬骨とエラと前歯を治したいとのことでしたが……」

「はいそうです。目は二重にして、できるだけ大きくしたいです。鼻は鼻筋を通して、頬骨とエラは突き出ているのを治して、前歯は目立たないように引っ込めたいです」

本橋に希望を伝えた私は身を前に乗り出して自分のアバターを見せた。

「先生、この顔とそっくりにしてほしいです」

本橋はアバターを見て困惑した。

「このアニメの顔にしたいんですか」

「アニメではありません。アバターです」

本橋は私とアバターを交互に見た。

「わ、わかりました。この顔を参考にしてシミュレーションをしてみましょうか」

本橋はそう言って立ち上がった。

「阿武隈川さん、お顔の写真を撮りますので撮影室にお願いします」

撮影室で写真を撮り終えると、本橋はパソコンに私の顔写真を取り込む作業を行った。すると私の顔が画面いっぱいに映った。私は自分の醜い顔を見たくなくて目を伏せた。

「ではこれから手術法と手術内容を相談しながらシミュレーションを行っていきます」

私は目を伏せたまま返事した。

「まず目ですが、二重にするには二重まぶた埋没法、ミニ切開法、全切開法の三種類ありますが、先ほど見せていただいたアバターですか？　ああいうぱっちりとした大きな目にするには、今流行のプチ整形よりも全切開法をした後に目尻《めじり》切開をするのが一番理想的です。ただ全切開法と目尻切開だけでかなりの料金になりますがね」

本橋は私が高校生だから甘く見ているようだった。

「美しくなれるのならお金はいくらかかっても結構です」

そう言うと本橋は私をじっと見据え、ふうんという風に頷いた。

「そうですか。なら全切開法と目尻切開でいきましょうか」

本橋はマウスを使って私のまぶたに線を引いた。

「まずここにヒダの予定線を切開して余分な脂肪を排除して縫い合わせます。施術時間は約三十分くらいです。もちろん一重に戻ってしまう心配はありません。全切開法を行えばはっきりとした二重のラインができ、目をいっそう大きく輝かせることができますよ。

次に目尻切開ですが、目尻を5ミリから7ミリ程度切開するだけで切れ長で大きな目になり顔全体のバランスも整います。細くきつかった目が優しい印象になりますよ。目尻の施術時間は大体十五分程度といったところですね」

私は説明を聞いているだけで胸が高鳴った。

「次に鼻ですが、鼻を高くするにはシリコンプロテーゼを挿入する方法とヒアルロン酸を注射する方法があります。ヒアルロン酸の方はメスを使わず、大体十分程度で鼻が高くなります。ただこれは個人差がありますが約一年程度しか持続しないので、半永久的に効果があるシリコンプロテーゼをお勧めします」

私は即答した。

「じゃあシリコンプロテーゼでお願いします」

「わかりました」

本橋は再びマウスを握ると今度は私の鼻筋に線を入れた。

「プロテーゼは鼻の穴の内側にメスを入れて鼻筋に挿入します。もちろん傷跡は目立ちません。パーフェクトな鼻筋を手に入れれば目も大きく強調され顔全体が整った印象になりますよ。施術時間は大体三十分くらいですね」

パーフェクトな鼻筋という言葉に私は心がときめいた。

「次に頬骨ですが」

また説明か、と私は思った。

「傷跡が目立たない口の中や耳の生え際などを切開し、余分な頬骨を削っていきます。術後腫《は》れが生じますので約一週間の入院が必要です」

私は相づちをうってはいるが、説明なんか飛ばして早くシミュレーションを見たくて身体がウズウズしていた。

それから約一時間も説明が続きようやく施術後のシミュレーションを見せてもらえることになった。

キーボードとマウスを使ってシミュレーション作業を完了させた本橋は私にパソコン画面を見せた。

画面を見た瞬間私は身震いした。

私は施術後の自分の顔に釘付《くぎづ》けとなった。

目は二重でパッチリと開き、鼻はスッと高くなり、頬骨とエラは削れてシャープな輪郭に変化し、前歯は綺麗《きれい》に並んでいる。

ほんの少しいじるだけでこんなにも変わるなんて……。

私の希望通りアバターに負けず劣らずの美しさだった。

私は画面を見ていると居ても立っても居られない気分になった。

早く手術してこの顔を手に入れたい！

私は身を乗り出して本橋に尋ねた。

「いつ手術できますか？」

「手術料金をお支払いいただければすぐにでも手術いたします」

「ちなみにいくらくらいかかりますか？」

「詳しい見積もりは後ほど作成いたしますが、大体五百万円くらいはかかると思います」

私はその数字に驚くことはなかった。

現在信者は百五十二人に増えている。一人三、四万円ほど集めさせればいいのだ。

「すぐに用意します」

「わかりました。では申込書を作成いたします。記入後に注意事項をお渡しします。それと阿武隈川さんはまだ未成年なので親の同意書、又はご同伴でお願いします」

私はそれを聞いてぎくっとした。未成年の場合親の同意書が必要だなんて全く頭になかった。

うちの母が整形なんて許すはずがない。

このままでは手術ができない……。

「どうしました？」

私は本橋にそれを正直に告げた。

するとその瞬間、ずっと穏やかだった本橋の目が怪しい光を放った。

「でしたら阿武隈川さん、親の同意書がなくても手術してくれる先生を紹介しましょうか。そのかわり料金は割高ですがね」

私は本橋の目を真っ直ぐに見た。

闇医者だということはすぐに理解できた。

怪しい雰囲気だが、それでも私は本橋にお願いした。

「是非その先生を紹介してください」


その夜私は西園寺に緊急集会を開くよう命令した。

私は赤い絨毯《じゅうたん》の上を歩き、蠟燭《ろうそく》がいくつも立てられた朝礼台の上に立った。

グラウンドにはガスマスクをつけた信者たちが整列し、全員私を見つめている。シューシューという音と、遠くの方から道子様、道子様とこもった声が聞こえてくる。

西園寺が礼をすると信者たちも一斉に頭を下げた。

「西園寺、全員揃っているか？」

「はい。揃っています」

私は信者たちを見渡して言った。

「今夜は大事な話があって皆に集まってもらった」

私は夜空を見上げて叫んだ。

「皆の者よく聞け！　私はこの顔を捨てて生まれ変わろうと思う！」

突然の宣言に信者たちはざわついた。

「分からないか？　手術を行い美しさを手に入れるのだよ」

そう言うと信者たちは感動の声を上げた。

「そのためには皆の力が必要だ。近々大金がいる」

私は一つ間を置いて言った。

「額は五万。できるだけ早く集めるのだ。金を集められなかった者には罰を与える。手段は何だっていい。何が何でも五万を集めるのだ！」

命令を下すと松元が一歩前に出た。

「道子様のため、必ず集めます」

「頼んだぞ松元」

「お任せください」

集会の最後にはいつものように信者たちが私の名前を大合唱したのだった。

それから僅《わず》か十日後、私は本橋に紹介してもらった闇医者の元へ向かった。

本橋が書いた地図には『東別府《ひがしべっぷ》美容整形外科』と書いてあり、場所は品川駅から少し離れた雑居ビルの地下一階にあった。

階段をおりた私は自動ドアをくぐり院内に入った。闇医者が経営する病院だから怪しい雰囲気を想像していたが意外にも普通の病院といった感じだった。

受付には中年の看護師が座っており書類に何かを書き込んでいる。私が目の前に立つとやっと看護師は顔を上げた。

「三時に予約した阿武隈川です」

名前を告げると看護師は目を細めて言った。

「ああ、本橋先生の紹介の」

本橋の受付とは対照的に愛想のない対応だった。私がこれから美を手に入れるから僻《ひが》んでいるのだろう。

「待合室に案内します」

看護師は気怠《けだる》そうに立ち上がると狭い廊下を歩き待合室の扉を開けた。

「この中でお待ちください」

私は無言のままソファに座った。

「東別府先生を呼んできますから」

看護師はそう言って扉を強く閉めた。

私は看護師の態度の悪さが我慢ならなかった。この私を一体誰だと思っているんだ。私の恐ろしさを教えてやろうか……。

十分後、待合室の扉が開いた。現れたのは四十くらいの思ったより若い男だった。上下白衣に身を包み、髪はオールバックで縁なしの眼鏡をかけている。顔は青白くて、氷のように冷たい目が印象的だった。

男は賢そうな感じで、とても闇医者とは思えなかった。

「初めまして東別府です」

東別府は表情一つ変えずに挨拶《あいさつ》した。声にも抑揚がなかった。

「阿武隈川です」

「本橋先生からあなたの整形箇所と手術法、全ての資料を受け取っていますのですぐにでも手術はできますが……」

東別府は私の足元にある紙袋を見た。

「七百五十万円でいいんですよね。ちゃんと用意してきました」

私は信者たちが集めた金をテーブルに並べた。東別府は札束を見て納得するように頷《うなず》いた。

「まだ高校生なのによくこんな大金を用意できましたね。いいでしょう。私の手であなたを美しくして差し上げますよ」

東別府は自信たっぷりに言った。

「よろしくお願いします」

東別府は手に持っているバインダーを私に差し出した。

「では誓約書を読んで納得いただければサインと印鑑をお願いします」

東別府が出したいくつも条件が書いてある誓約書を私は流し読みしてボールペンでサインし、その上に印鑑を押した。

「結構です。では手術の準備を進めましょう」

東別府は札束を紙袋に入れて待合室を出て行った。入れ替わるようにして、先ほどとは違う若い看護師がやってきた。

「阿武隈川さん、更衣室に案内しますね」

あの態度が悪い女とは正反対で感じの良い看護師だった。

「ではここで手術着に着替えてください。着替え終わった頃にまた伺います」

看護師はそう言って更衣室を出て行った。

制服のボタンに手をやった私は、姿見に映る自分の顔を見て動作が止まった。この忌々しい顔を一生見なくて済むと思うと心が晴れ晴れした。この顔を見るのはここで最後になるが、私は姿見に背を向けて制服を脱いだ。

手術着に着替えると若い看護師が呼びにやってきた。

「阿武隈川さん、では手術室に案内しますね」

私は廊下を歩きながら、本橋に見せてもらったシミュレーション画像を思い出していた。もう少しであの顔が手に入る。私は何度も頭の中でそう叫んでいた。

手術室には東別府と助手と思われる男性が待機していた。手術台の周りにはいくつもの器具と様々な器械が設置してある。

「阿武隈川さん、心の準備はよろしいですか？」

東別府はやはり表情一つ変えずに言った。

「はい」

「では手術台に仰向けになってください」

私は東別府に言われた通り手術台の上に仰向けとなった。するとライトが照らされ、その光を遮るように東別府が私を見下ろした。

「これより手術を行います。阿武隈川さん、よろしくお願いします」

私は目を閉じながら返事した。

「お願いします」

「まず目の整形から始めます。全切開法の後に目尻《めじり》切開を行います。よろしいですね？」

「はい」

「では麻酔をします。力を抜いて楽にしていてください」

東別府は点滴を私の腕に刺した。すると段々全身の感覚が麻痺《まひ》してきて、少しずつ意識もぼんやりとしてきた。

「阿武隈川さん、聞こえますか？」

私は朦朧《もうろう》とする意識の中でゆっくりと頷いた。東別府は私の様子を確認して、看護師からメスを受け取った。

そのメスが、私の右目に迫ってきた。


目が覚めると個室のベッドに仰向けになっていた。ベッドから起きあがって部屋の鏡を見るとミイラのように顔全体が包帯に覆われていて、顔中ズキズキと痛みを感じた。あまりに痛いので一瞬悪い予感を抱いたが、東別府曰《いわ》く手術は完璧《かんぺき》で、痛みは三、四日すれば治まってくるし、腫《は》れは一、二週間程度で引いて、すぐに退院できるから全く心配はないとのことだった。それを聞いて安心した私は東別府にお礼を言って再びベッドに仰向けになったのだった。

手術を終えてからおよそ二時間が経ち、時計の針は午後十時を回った。九時過ぎまで看護師がいたが、今は私しかいない。

まだ痛みがあるがベッドからおりて再び鏡を見た。目の上にも包帯が巻かれていて辛うじて見える程度だが、私は美しくなった自分を想像した。東別府が言うには一週間ほどで退院できるそうだが私には苦痛に感じるほど長い時間だった。早く包帯を取って美しくなった自分を見たい。私は包帯姿の自分が嫌で鏡を割りそうになった。

その時ベッドに置いてある携帯が鳴った。

画面には『母』と出ているが私は取らなかった。その一分後、今度はメールが届いた。

『道子、今どこにいるの？　何かあったの？　すぐに連絡しなさい』

母には何も言っていないからそろそろ連絡が来ることは分かっていた。

私は返信ボタンを押し、

『事情があってしばらく友達の家に泊まるから心配しないで』

と送った。

それからまたすぐにメールが来たが私は返信しなかった……。

一週間後、退院予定日の朝、東別府と助手の男と若い看護師が私の部屋にやってきた。

私はすでに荷物をまとめ退院の準備を終えていた。

これからいよいよ包帯が外れる瞬間がやってくる。私は期待に胸を膨らませていた。

「痛みはどうですか？」

東別府はポケットに手を入れながら聞いてきた。

「全く痛くありません」

そう答えると東別府は納得したように頷き、

「包帯を取って」

と看護師に指示した。

「わかりました」

看護師は私の後ろに立ってゆっくりと包帯を解《ほど》いていく。私はドキドキしながらその瞬間を待った。

顔に巻かれていた包帯が全て取れると助手の男が私に手鏡を渡した。

私は息を呑《の》み、その手鏡を自分の顔にゆっくりと近づけた。

自分の新たな顔を見た瞬間、私は感動で涙が滲《にじ》んだ。

目は二重でパッチリと大きく開き強い輝きを放っている。鼻は外国人女性モデルのように高くなり、顔の彫りが深くなった。邪魔だった頬骨とエラは削れて顔全体がシャープになり、出っ張っていた前歯は他の歯と綺麗《きれい》に並んで上品な口元に変わっていた。

まるで別人の自分がそこには映っていた。

これが自分だなんて嘘みたいだった。

東別府は私の理想通り、アバターとそっくりな顔に変えてくれたのだ。

美しい。私は思わずそう呟《つぶや》いていた。

「完璧だな」

後ろで東別府が言った。私は鏡を見ながら頷いた。

「大満足です」

私はあまりの興奮と嬉《うれ》しさに声が震えた。

地位と名誉だけでなく、とうとう美しさも手に入れたのだ。

嬉しさと同時に、醜い顔を捨てて清々した気分にもなった。もう誰にもブスなんて言わせない……。

「退院の許可は出しますが、あと二、三回通院してもらいます。メイクとお風呂《ふろ》は今日から大丈夫です」

相づちを打ってはいたが東別府の言葉は耳には入っていなかった。

早く街に出てこの美しい顔を見せたいという想いで胸がいっぱいだった。

退院の手続きを終えた私は東別府にお礼を言って病院を後にした。

階段を上り、雑居ビルを出ると西園寺と大勢の信者たちが迎えに来ていた。

私の顔を見た瞬間、信者たちは一斉に感動の声を上げた。

西園寺は深々と頭を下げて言った。

「お帰りなさいませ道子様。とてもお美しいです」

信者たちからもお美しいですという声が飛び交った。

私は信者たちの顔を見ながら言った。

「皆のおかげで私は美しさを手に入れ、生まれ変わることができた。皆の者、新たな私の誕生を祝福してくれ！」

信者たちの祝福の声は、街中に響き渡った……。


自宅に戻ったのは午後九時半を回った頃だった。

あれから私はデパートで化粧品を買い、信者たちにメイクさせて、品川、渋谷《しぶや》、六本木《ろっぽんぎ》、新宿、横浜の順で街を闊歩《かっぽ》し、多くの人々に私の美しさを見せつけた。すれ違う者は皆こちらを振り返り、男性は恍惚《こうこつ》として見とれ、女性は羨《うらや》ましげな目を向けていた。顔が変わると人生だけでなく世界まで変わるのだ。全員が私に見とれるから、私は日本を支配した気分になったのだった。

母にも早く自分の生まれ変わった姿を見せたかった。整形する前は絶対に反対されると思いこんでいたが、今は自信をもって母に自分の姿を見せられる。こんなにも美しくなったのだから母だって喜ぶに決まっている。

玄関の扉を開くと母は走ってやってきた。

「道子！　一週間も一体……」

私の顔を見た瞬間、母の動作が停止した。

「どなた様、ですか？」

生まれ変わった私は化粧をしているから余計母には分からないのだった。しかし私はその言葉が快感だった。

「何言ってるのよ私よ。道子よ」

声で私と分かったのだろう、母の顔が一瞬にして青ざめた。

「道子……嘘でしょ」

「嘘じゃないわよ」

母は動転して言葉を失った様子だった。

「驚いたでしょ？」

母は口をあわあわとさせ、やっと声を発した。

「い、一体、何がどうなってるの」

「整形手術したのよ。それで今日退院したの。どう？　生まれ変わった私は」

「整形？」

母は目眩《めまい》を起こし足がふらついた。

「どうしたのよ。もっと喜んでよ」

母はガタガタと震えだした。

「整形って……一体どこで。あんたにそんなお金あるはずないでしょ」

顔が変わっているのは事実なのに、母は混乱してまだ現実が分からないようだった。

「そんなことなんてどうでもいいじゃない。それより」

母はいきなり私の顔を平手打ちした。

「何するのよ！」

母の顔は怒りに震えていた。

「あんた、自分が一体何をしたか分かってるの！」

「分かってるわよ」

私は冷静に答えた。

母は私の肩を摑《つか》んだ。

「整形するなんて……あんた、大変なことをしたんだよ！」

「私は自分の顔が嫌で嫌で仕方なかったの。醜い顔を捨てて、美しくなりたかったのよ」

母は目に涙を浮かべて言った。

「もう元の顔には戻れないんだよ！　分かってるの道子」

「いらないわ、あんな顔」

母はまた平手打ちしようとしたが私の腕を掴んで父の仏壇まで引っ張った。そして私を強引に正座させると父に頭を下げさせた。

「お父さんに謝りなさい！」

私は強く抵抗した。

「お父さんからもらった顔を、こんな顔にしてしまってごめんなさいって謝るの！」

私は力一杯母を振りはらった。

壁に頭を強打し力をなくした母は、

「こんな道子、道子じゃないわ」とうなだれた。

自分の部屋に戻った私は携帯を開いてアバQにアクセスしアバターに問いかけた。

ミチコは私が生まれ変わって、喜んでくれているよね？

とても綺麗だよ、とミチコの声が聞こえた。

ありがとうミチコ。ミチコには感謝してもしきれないよ。

だってミチコがいてくれたおかげで私は地位と名誉と、そしてこの美しい顔まで手に入れることができたのだから。

ミチコ本当にありがとう。

これからも私の力になってね……。

私は携帯を閉じようと蓋《ふた》に手をやった、その時だった。

私の目に、新しいイベントの告知が飛び込んできた。

『アバQ5周年記念超特別企画！　ドリーム宝くじ無料配布開始！』

ベストドレッサー以来の大型イベントに私は胸を躍らせた。

イベント詳細にはこう書かれてあった。

『おかげさまでアバQは5周年を迎えることができました！　振り返ればいろいろありましたが、日頃の感謝を込めて、みなさまにドリーム宝くじを配布いたします。一等は男女各五名で、当選者にはなんと！　超激レアアイテム三点セットをプレゼント！　二等以下にももちろんレアアイテムのプレゼントがあるけど、超激レアは一等だけのもの！　宝くじは一人一枚だけだから、当選を祈ってお待ちください！』

私はたった五人しか当選しない一等の商品『超激レアアイテム三点セット』に血が滾《たぎ》った。

一点目は『女神の楽園』。二点目は『女神の竪琴《たてごと》』。そして最後の三点目は『女神のドレープローブ』というアイテムらしい。

アイテム名だけで、背景、手持ちアイテム、セット服というのは分かるが、この三点セットに限っては結果発表後のお楽しみということなのかシルエットだけでまだアイテム画像は公開されていない。

私のアイテム中毒を刺激したのは、レア度を表す☆の数だった。『超激レアアイテム』というくらいだから何となく予測はしていたが、『女神の楽園』『女神の竪琴』『女神のドレープローブ』全てが最高の☆5なのである。

私はあまりの欲しさに身体が痙攣《けいれん》した。

女王のこの私ですら☆5は一つも持っていない。それどころか見たことすらないのだ。故に☆5は幻のアイテムと言っても過言ではない。その☆5がとうとう私の前に姿を現した。

是非一等を当てて『超激レアアイテム三点セット』を手中に収めたい。

ベストドレッサーの称号に☆5のレアアイテムまで手に入れたら私はどうなってしまうだろう。

信者が今の百倍、いや千倍に膨れあがって……。

もしそうなれば私はアイテム名の通りまさに神的存在となり、日本を支配できるかもしれない。

私は早速『宝くじを受け取る』というボタンをクリックした。

画面が切り替わると、『あなたの抽選番号は８１２３４８番です』と出た。

今回この宝くじは無料配布だから恐らく全会員が受け取るだろう。一等はそのうちたった五名だから、女性会員が五百万人だとしたら当たる確率は百万分の一だ。

私からしたら無料配布でしかも一人一枚というのは厄介だった。有料ならまた信者に金を集めさせて宝くじを買い占めることができたのに。

まあいい。私は誰よりも実力と強運を持ち合わせている。

私は必ず一等に当選して、レア度☆５の『超激レアアイテム』を手に入れる。そして私は女神となるのだ。

＊

翌朝私はいつものように大名行列を作って登校したが、正門をくぐった瞬間皆の視線が私に集まった。グラウンドにいる全員が面白いように動作を止めるからまるで時間もストップしたみたいだった。

大人数を引き連れて歩くのは私しかいないが、その私が別人だから皆混乱しているようだった。昨日よりも化粧を派手にし、髪型もお洒落《しゃれ》に変えたから尚更《なおさら》だった。

しかし前の私の面影が全くないとはいえ皆すぐに理解したようである。すると今度は、綺麗《きれい》、素敵、と女子から声が上がり、男子はうっとりとした目に変わった。

グラウンドにいる男子に微笑みかけると全員顔を真っ赤にして目をそらし、気づかれないようにチラチラと私を見た。彼らは早くも私の虜《とりこ》になってしまったようだった。

校舎に入るとすぐに人だかりができた。皆生まれ変わった私を恍惚《こうこつ》とした表情で見つめている。あまりの美貌《びぼう》に興奮している男子も少なくなかった。その者たちに誘惑するような目を向けると、何かに取り憑《つ》かれたかのように私の後をついてきた。今まで正反対の態度が快感でたまらなかった。

私は信者と大勢の男子を引き連れて廊下を歩いた。階段を上り二年A組に歩を進めると、前方に前園が立っていた。偶然にもその横には山之内がいた。

私を見た瞬間二人とも驚いた顔を見せたが段々とうっとりした目に変わり、最後はプライドもなくボーッと私に見とれていた。

今にも声をかけてきそうな雰囲気だが私は二人に一瞥《いちべつ》もくれなかった。

馬鹿な奴らだ、と心の中で言った。

どう？　生まれ変わった私は。ブスかしら。醜いかしら。いくら見とれたって無駄よ。もう遅いわ！

誰がお前たちみたいな奴ら相手にするか。私を振ったことをせいぜい後悔するんだね。

私は勝ったと思うとひとりでに拳《こぶし》を握っていた。前園や山之内はもちろん、私をブスと言った、もしくは思っていた奴らに復讐《ふくしゅう》してやった気分だった。

こんなにも爽快《そうかい》なことはなかった。大声で笑いたい気分だったが、上品に微笑んで教室に入った。


西園寺からその報告があったのは十日後のことだった。

放課後、西園寺が私の元にやってきて大事なお話がありますと言った。

何だ、と聞くと西園寺は私の耳元に顔を近づけた。

「松元が調べた情報なんですが、どうやら中区の河上《かわかみ》高校にはアバターサークルがあるようです」

私は西園寺を見た。

「我々と同じく夜に学校に集まって、互いのアバターを見せ合ったり新アイテムの報告などを行っているそうなんですが……」

西園寺は一つ間を置いてこう言った。

「サークルのリーダーである吉本孝美《よしもとたかみ》という女が、あろうことか女王と名乗っているそうなんです」

「なに？」

私は聞き捨てならなかった。

「女王だと？」

「はい」

「その女、この私の存在を知らないのか？」

「いえ、道子様を知らないなんて絶対にあり得ません」

私は奥歯がギリッと鳴った。

「それでよくも女王なんて名乗れるな」

あまりの怒りで声が震えた。

「その女に女王を名乗れる資格があるのか？」

「学校で一番アバターが華やかとか、そんな程度でしょう」

私は我慢できず机を叩《たた》いた。

「偽物が……！」

「道子様、吉本の信者は現在十五人程らしいのでサークルは小規模ですが、これから大きくなっていく可能性があります」

「そうなればますます吉本は調子に乗るだろうな」

「はい。そして将来我々の邪魔な存在になるかもしれません」

西園寺は声を潜めてこう言った。

「そうなる前に潰《つぶ》しておいた方がよろしいかと」

私と西園寺は顔を見合わせた。

「阿波野の時みたいにか？」

西園寺の目が光った。

「そうです」

西園寺の言う通り目障りな奴らは一刻も早く潰しておくべきである。特に吉本という女には私の恐ろしさを教える必要があった。

「その集会はいつ行われる？」

「松元曰《いわ》く、月曜と木曜だそうです」

ちょうど今日が木曜日だった。私はすぐに命令を下した。

「西園寺、信者たちに緊急招集をかけろ」

「かしこまりました」

西園寺は返事をしたがなぜか教室を出て行こうとはしない。私にまだ何か言いたげである。

「どうした？」

「はい……」

「何だ？　言いたいことがあるなら言ってみろ」

するとと西園寺は顔を上げてこう言った。

「先ほど阿波野の名前を出されましたが、そのことで一つお願いがありまして……」

「阿波野がどうした？」

「道子様のおかげで阿波野を学校から追いやることができましたが、正直あれぐらいでは私の気持ちはおさまりません。あの女にはもっともっと痛みと苦しみを味わわせたいのです。何十倍も仕返しをしてやらないと気が済みません！」

いつも冷静な西園寺の顔がみるみるうちに真っ赤に変わっていく。西園寺は阿波野のことになるとこうして人が変わったようにムキになる。

「道子様、信者たちを使って阿波野を私の思い通りに料理してもよろしいでしょうか」

西園寺は料理を強調して言った。

西園寺は一年半以上も毎日のように酷《ひど》いイジメを受けていたのだ。阿波野に対する怨《うら》みは相当なものだろうが、退学に追いやっても怨みが晴れないとはこの女もなかなか執念深いなと私は思った。

「お前の好きにしろ。気が済むまでやればいい」

許可すると西園寺はひどく興奮した。
「ありがとうございます道子様。早速信者を阿波野の家に向かわせます」
西園寺はそうお礼を言って教室を出て行った。
一人になった私は椅子から立ち上がり、夕陽で紅《あか》く染まった空を見据えた。私には
その空が血の色に見えた。
西園寺は阿波野への復讐に燃えているが、私の頭からはすでに阿波野の姿は消えて
おり、意識は吉本に切り替わっていた。
吉本覚悟しておけ。お前のサークルなんて簡単に潰してやる。そして二度と女王な
んて言えないようにしてやるわ。

午後十一時、河上高校のグラウンドに髪の長い女が現れた。
「吉本です」
私の背後で松元が言った。
裏門の陰に隠れて見ているからどんな顔かは全く分からないが、歩き方を見るだけ
で偉そうな表情をしているのが分かる。
吉本は十五人の信者の前に立った。

吉本が来るのを待機していた十五人の信者たちは吉本に向かってこんばんはと挨拶《あいさつ》した。

吉本は偉そうに手を上げて何かを言っている。少人数の前で女王ぶる吉本を見て私は鼻で笑った。

女王面できるのも今のうちだ。これから地獄を味わわせてやる。

私はガスマスクをつけた信者たちに言った。

「私は奴らが非常に目障りだ。お前たちもそう思わないか？」

信者たちはシューシューと息をしながら頷《うなず》いた。

「皆の者、奴らに私たちの恐ろしさを思い知らせてやれ」

信者たちは小声で返事した。

私は号令をかける前にもう一度吉本を見た。吉本は携帯画面を信者たちに見せている。どうやら新しいアイテムを手に入れたようだった。

その時、夜空から大粒の雨が降ってきた。

私は夜空を見上げて舌打ちした。忌々しい雨だ。これではせっかくのメイクが取れてしまうではないか！　私は雨が降ってきたのも吉本のせいだと決め込んだ。

「皆の者、さっさと終わらせるぞ」

信者たちは頷いた。

私は吉本たちを指さして叫んだ。

「よし、かかれ！」

号令をかけると信者たちは一斉にグラウンドに走っていった。

グラウンドには私の信者の叫び声と吉本たちの悲鳴が飛び交った。

吉本たちの十六人に対し、こちらは百五十以上の兵力である。吉本たちは抵抗することもできず私の信者に袋だたきとなった。

グラウンドには吉本の信者たちの泣き声が響いている。

私と西園寺は吉本の元へ歩み寄った。

吉本は片山と仮屋に押さえつけられていた。暴行を受けた吉本の顔は酷く腫《は》れ上がり醜い姿となっていた。

私は吉本の顔を見て笑った。

「不細工な顔して。可哀相に」

「お前ら……何なんだいきなり」

吉本は弱々しい声で言った。

「お前たちのサークルを潰しにきたんだ」

「私たちが何をしたっていうんだ」

「存在が目障りなんだよ」

「お前ら一体何者だ」

「まだ口の利き方が分からないようだな」

私は松元に目で合図した。すると松元はつま先で吉本の顔面を蹴《け》った。その一撃で吉本はグッタリとなってしまった。

「松元、こいつの携帯を奪え」

「分かりました」

松元は吉本のポケットから携帯を抜き取った。

「阿波野の時みたいにそいつのアバターのアイテムを全て捨ててやれ」

そう言った瞬間吉本は阿波野と同じ反応を示した。

「やめてくれ！　それだけは！」

「はい、道子様」

松元は吉本のアイテムを次々と捨てていく。吉本は暴れ、泣き喚《わめ》いた。私は吉本の姿を見ながら大声で笑った。

「道子様、終わりました」

松元はそう言ってTシャツ短パン姿のアバターを私に見せた。

作業を終えた松元に私は言った。

「ついでに携帯も折ってやれ」

松元は返事して、吉本の携帯を真っ二つに折った。

「おい、放してやれ」

私は片山と仮屋に言った。吉本は地面を這《は》って折れた携帯を両手に持った。

「……ひどい」

「どうだ？　私たちの恐ろしさを思い知ったか？」

泣いてばかりの吉本だったが、私に反抗的な目を向けた。

私は最後に言った。

「女王は二人もいらないんだ」


「道子様」

私の背後で西園寺が言った。

「簡単に片付きましたね」

「ああ」

「この者たちのように我々の邪魔になる人間はどんどん潰《つぶ》していきましょう」

私は吉本を見下ろしながら頷いた。

西園寺は私の横に並んで言った。

「道子様が個人的に邪魔だと思う人間でもいいのです。言ってくだされば私共が片付けて参ります」

私は遠い先を見つめた。

「邪魔な、人間……」

「怨《うら》みを晴らしたい人間でも結構です。道子様が目障りな人間は全て潰してしまいましょう」

怨みを晴らしたい人間と言われて私はすぐに二人の人物が思い浮かんだ。

私の父を殺した早坂と、小学生の時私をイジメのターゲットにした川田章男だ。

早坂があの時救急車を遮らなければ父は今も生きていた。川田がクラス全員にイジメを命令しなければ私は苦痛の日々を送らずに済んだのだ。

この二人にはいつか復讐《ふくしゅう》したいと思っていた。西園寺に言われて気づいたが、今の私なら奴らに思う存分復讐することができるではないか。

私は火がついたみたいに身体が熱くなった。

どうやって長年の怨みを晴らしてやろうか。

阿波野や吉本みたいに袋だたき程度では私の気が済まない。

奴らにはもっと痛みと苦しみを味わわせなければ。

私はある方法を思いつき、それを実行に移す決断をした。

「松元」

「はい、道子様」

私は松元に耳打ちした。

私の指示に松元は感動して言った。

「道子様ありがとうございます。私が指揮を執らせていただきます」

二日後、いよいよ復讐の時がやってきた。

時計の針は現在午前一時五十五分をさしている。私は自分の部屋でカウントダウンしながらその時を待った。

二時になったら復讐の幕が上がる。あと五分を切ったから、松元は全ての準備を終え早坂宅の方で待機しているであろう。

私は暗闇の中で静かに笑った。

早坂と川田はまさか私に狙われているなんて知るよしもないだろう。父のあの出来事はもう四年も前だし、川田に至っては小学校を卒業して一度も会っていないから私の存在すら忘れているかもしれない。

私は早坂と川田の顔を脳裏に浮かべた。

これから地獄を味わわせてやる。私を敵に回したことを後悔するがいい……。

私はガソリンのあのいい香りを想像した。早坂と川田の家は今ごろガソリンの臭いが充満しているだろう。しかもその臭いには気づかず気持ちよく寝ているだろう。

二人が苦しむ姿を想像した私はまた笑ったのだった。

松元たちが動き出すまであと一分を切った。私は声に出してカウントダウンした。

時計の針が二時を回ったが私はまだ布団の中にいた。今すぐ家を飛び出して確認したいが下手に動いたら犯人だと疑われる。

外から男の叫び声が聞こえたのはそれから五分後のことだった。

「火事だ！　火事だぞ！」

叫んでいるのは恐らく近所の住人だろう。予想していたよりも早く住人が気づいてしまったから私は小火《ぼや》で終わるのではないかと心配したが、外に出ると早坂宅からはすでに大きな炎が立ち上っていた。

男は携帯で１１９番に連絡すると早坂宅に近づいた。

「火事だ！　早坂さん！　火事だぞ！」

男は早坂宅に向かって叫ぶが早坂は出てこない。

私は噴き上げる炎に血が騒いだ。

いいぞ、もっと燃えろ。そして早坂を焼き尽くせ！

男の叫び声で他の住人も外に出てきた。

少し遅れて母もやってきた。

「やだ、どこから？」

私は母に背を向けたまま答えた。

「早坂さんの家から」

母は走って早坂宅に向かっていった。

近所の住人は皆早坂に声をかけるが、私は心の中で笑っていた。

どうだ早坂。熱いだろう。苦しいだろう。でもまだだ。もっと地獄を味わえ！

遠くの方からサイレンが聞こえた時、炎の中から女性が飛び出してきた。早坂の妻である。全身火傷《やけど》を負った早坂の妻は住人たちに泣きすがった。

「主人が、主人がまだ中にいるんです！　誰か助けて！」

私は小声で、助からないと言った。

あんたの夫は死ぬんだよ。人を殺したんだから罰が下るのは当然だろう。

消防車と救急車が到着した時、火は隣の家にまで移っていた。

この様子だと早坂は家のどこかで倒れているだろう。しぶとく意識が残っていても火の海を彷徨《さまよ》って終わりだ。

早坂、私の怨みは恐ろしいだろう。死んであの日のことを後悔するんだな。

消防士によって消火活動が始まったが火は衰えるどころか勢いを増した。

現場には早坂の妻の叫びが響いた。

その時だった。二階のベランダに火だるまとなった早坂が現れた。熱さに悶《もだ》える早坂はベランダの手すりを乗り越え絶叫しながら地面に落ちた。

消防士が火を消すと救急隊員は急いで早坂を救急車に乗せた。

意識はないようだが恐らく息はしているだろう。

私は思わず舌打ちした。

この火事で生き延びるなんて運のいい奴だ。家と一緒に灰になってしまえばよかったのに。

「道子様」

いつの間にか西園寺が背後に立っていた。

「川田の方もうまく火がついたもようです。行きましょう」

私は西園寺と一緒に川田宅へ急いだ。

そして二十分後、現場に到着した。

川田宅も早坂宅と同様激しい炎に包まれている。この様子だと全焼は間違いなかった。

逃げ場を失った川田は焼け死んでいるだろう。早く黒焦げとなった川田を見たい、と私は頭の中で何度も叫んだ。

しかしこちらも私の望み通りにはならなかった。

ある一人の信者が私の元にやってきてこう言ったのだ。

「道子様、川田なんですが……先ほど救急車で運ばれました」

「助かったのか」

「全身かなり火傷を負ったようですが……申し訳ございません」

私は奥歯を嚙《か》みしめた。

まさか川田も助かるとは。もう少しで地獄に突き落とせたのに！　せめて苦しむ姿は見たかった。

まあいい。

今日はこれくらいにしておいてやる。復讐を完全に果たしたとは言えないが少しは胸が晴れた。

別に今日一日で全てを終わらせる必要はないんだ。

早坂も川田も、退院したらもう一度死の恐怖を味わわせてやる……。

「道子様」

背後に立つ西園寺が耳元に顔を近づけてきた。

「なんだ」

私は炎を見つめながら返した。すると西園寺は単刀直入にこう言った。

「阿波野も同じ目に遭わせてやりたいと思うのですが、よろしいでしょうか」

私は西園寺を一瞥《いちべつ》した。

「なんだ、まだ片付いてなかったのか」

「道子様に許可を頂いて以来信者に阿波野の家を見張らせて機会を狙っているのですが、こちらの動きに気づいているらしくずっと家に閉じこもっているのです。だったら早坂たちと同じように家ごと燃やしてやろうと思いまして」

私は阿波野のことに興味などないし、今はそれどころではないのですぐに許可を出した。

「言ったろう。お前の好きにしろと」

「ありがとうございます。ただ阿波野はまだ警戒しているので少し時間を置いて油断した隙に燃やしてやりますよ」

西園寺はそう言って不気味に笑った。

ふと振り返ると西園寺はすでに私の傍から姿を消していた……。

＊

翌日私は集会を開いた。

昨晩放火の指揮を執った松元直美の昇格式を行うためである。早坂と川田を葬ることはできなかったが、松元の功績を認めて銅のガスマスクを授与することに決めたのだ。

今朝の新聞には昨晩の放火事件の内容が大きく出ていた。早坂は全身に火傷を負い、更に飛び降りた際に両足を骨折し全治二ヶ月の重傷。川田も全治三ヶ月の大火傷を負ったとのことだった。

警察は同じ時刻に火事が発生していることから犯罪の可能性もあるとみて捜査を進めているそうだが、私は警察なんか恐れてはいない。実行犯である松元たちが仮に捕まったとしても誰も私の名前は出さないからだ。

だから私は何をしても罪にはならない。たとえ大きなテロを起こしたとしてもだ……。

私は朝礼台の上から西園寺に目で合図した。

「松元、前へ」

西園寺が呼ぶと松元は力強く返事して朝礼台の前に立った。昇格の話は西園寺から伝えてあるから松元は意識してひどく緊張していた。

「松元、昨夜はよくやってくれた。それだけではなく河上高校の情報を仕入れたりと、ここ最近のお前の仕事ぶりは見事だ。お前の功績を認め、銅のガスマスクを授与する」

　松元は二度三度と頭を下げた。

「道子様ありがとうございます。ありがとうございます」

　私はアバQにアクセスし、松元に『ガスマスク・銅』を与えた。

　アイテムを受け取った松元はガスマスクを外して泣きながらお礼を言った。

「ありがとうございます。道子様からこんな素晴らしいアイテムをいただき本当に幸せです」

「つけてみろ」

「はい」

　松元は携帯を開き迷彩のガスマスクを外し銅のガスマスクをつけるとまた涙をこぼした。

「道子様ありがとうございます。このアイテムは私の宝物です」

「松元。ただ銅なんかで満足するな」

　私は松元に銀のガスマスクを見せた。

「お前には近い将来幹部になってもらおうと考えている」

　松元はその言葉に茫然《ぼうぜん》自失となった。

「道子様……それは本当でございますか」

「私はもっともっとサークルを拡大して、最終的には日本を支配するつもりだ。お前には西園寺と共に私の片腕となって動いてくれることを期待している」

松元は感激のあまり身体が震えていた。

「み、道子様のために、私はこの身を捧《ささ》げる覚悟はできています」

私は頷《うなず》いて、松元に列に戻るよう言った。

その時であった。

右手に持っている携帯から音が鳴った。

画面を見るとアバQからミニメールが届いており、題名を見た瞬間私は全身に力が入った。

私の目には、『ドリーム宝くじ当選番号発表!』という文字が映っていた。

私は武者震いした。

とうとう待ちに待ったこの時がやってきたのだ。一等当選者にはレア度☆5の『超激レアアイテム三点セット』が贈られる。

女性は『女神の楽園』『女神の竪琴《たてごと》』『女神のドレープローブ』だ。

この私でも見たことすらない幻のレア度☆5を手に入れることができるのは全国でたった五人。

女性会員が五百万人だとしたら百万人に一人の確率だ。

だが私は絶対に当選する自信がある。

なぜなら女王であるこの私が外れるわけがないからだ。

今の私に不可能という文字はない。欲しい物は全て手に入れることができるのだ。

『超激レアアイテム』も必ず手に入れる。そして私は女神となる。

私は信者たちがいるのを忘れて一等の当選番号を見た。

『１４５６４』

『５６７９８４』

私は違う、違うと呟《つぶや》いた。

『２１２３１２』

これも、違う。

『４６５３１１』

四つ目を見た時私は全身から汗が噴き出た。おかしい。あるはずの番号が出てこないのだ。

私は最後の番号は声に出して読んでいた。

「３７７５６２３」

全ての当選番号を見た私は首を振った。

ない。

私の番号がどこにもないのだ。私は自分の宝くじを見なくとも番号が分かる。

８１２３４８番だ。

惜しいどころかかすりもしていない。

嘘だ。そんなはずはない。

私は自分の記憶が間違っていることを期待して宝くじを確認した。だがやはり一つも数字は間違っていなかった。

それでももう一度当選番号を確かめた。しかし何度見ても結果は同じだった。

そんな馬鹿な……。

女王であるこの私が外れるなんて……！

私は矢で心臓を貫かれた思いだった。

地面に崩れ落ちそうな自分を必死に支えた。

「どうなされました道子様」

西園寺が心配そうに言った。

私は顔を上げて大勢の信者たちを見た。当然信者たちにも当選結果は届いている。

私はふと、信者の中で一等に当選した者はいないのか、と思った。いれば私に献上させようと考えた。

しかし私は確かめる寸前で思いとどまった。

信者たちに『超激レアアイテム』を手に入れることができなかったと言えば私の格が下がる。そもそも信者の中で当たっている者なんているはずがなかった。

「道子様？」

西園寺が私の顔を覗《のぞ》いた。私は西園寺を一瞥《いちべつ》して言った。

「少し気分が悪い。今日はもう帰らせてもらう」

動揺を隠すための嘘ではなかった。現実を受け入れた私は実際気分が悪くなってきたのだ。

朝礼台をおりた私はグラウンドをあとにした……。

5

自宅に戻った私は自分の地位も忘れて部屋の押し入れに閉じこもり怒りに震えた。

なぜだ。なぜだなぜだ！

なぜ私が一等に当選しなかったんだ！

私は女王だぞ。ベストドレッサーの称号を持つカリスマだぞ。

なのにどうして！

当選していれば私は女王を超えて女神となり、日本を支配することができたかもしれないのに！

私はどうしても納得がいかなかった。

アバQの人間は私の番号くらいは知っていたはずだ。私を一等に当選させることくらい簡単にできただろう。なのにそれをしなかった。

当選番号を決めた人間たちが許せなかった。そいつらに夢を潰《つぶ》され、計画を邪魔されたような気がしてならず、信者たちを使って復讐《ふくしゅう》してやろうかと本気で考えた。

何が何でも奴らの居場所を突き止めてやる。

私は西園寺に命令しようと携帯を持った。

その時である。

液晶画面がパッと光を発した。西園寺が心配してメールを送ってきたのかと思ったが、またもやミニメールが届いたのだった。しかし今回はアバQ事務局からではなかった。

『アバターマニア』

というアバQ会員からだった。

ミニメールを開くと本文にはこう書かれてあった。

『初めましてミチコさん。アバターマニアと言います。突然メールしてすみません。ミチコさんは有名人だからメールするのにかなり勇気がいりました（笑）。

早速ですが、ベストドレッサーを受賞したミチコさんにどうしても見てほしいアイテムがあるんです。

ミチコさんはドリーム宝くじの結果はどうでしたか？　私はなんと奇跡的に一等に当選したのです！』

一等に当選した、という文字を見た瞬間私は急激に心拍数が上がった。まだかなり文は続いているが私はメールを閉じてアバターマニアのマイページに飛んだ。

画面が切り替わり、アバターマニアのアバターを見たその瞬間だった。私は背景やアバターが身につけているアイテムに心を奪われていた。

一点目の女神の楽園は、雲を下に見下ろした天国のようなキラキラした場所で天使がラッパを吹いて舞っている。さらに雲には七色の虹《にじ》がかかり光り輝いている。右手には七色に光り輝くハートの枠に何本もの煌《きら》めく弦が張られた女神の竪琴《たてごと》を持っている。今にも音を奏でそうなまさに女神にふさわしい高貴なアイテムだ。

全身には女神のドレープローブを纏《まと》っている。真っ白く光り輝くドレスには七色の何段もの繊細なフリルが豪華に飾り付けられている。右肩は特にゴージャスにフリルが使われ、アシンメトリーな感じが誰も寄せ付けない女神を演出している。

アイテムは背景と持ち物とセット服だけだがとてつもない存在感を放っている。

私は口の中が生唾《なまつば》で溢《あふ》れた。

これが謎のベールに包まれていたレア度☆5の超激レアアイテム……。

さすが幻の☆5とあって、私が今まで見てきたどのアイテムよりも優美で繊細で幻想的で、まさにアバターが女神となれるアイテムだった。

私はこの三点セットの虜《とりこ》になりながらも、一方ではこれが☆5のアイテムだと認めたくないと思う自分がいた。なぜなら他人が☆5のアイテムを持っているのがどうしても許せなかったからだ。

しかしコーデを確認するとそこには『女神の楽園』『女神の竪琴』『女神のドレープローブ』と表示されていた。

私はこのアイテム名を見てアバターマニアが一等を当てた現実を認めざるを得なかった。

私は前のページに戻りもう一度アバターマニアのアバターを見た。私は☆5のアイテムに再び恍惚《こうこつ》となり、欲しい、と呟《つぶや》いていた。

このアイテムがどうしても欲しい。あまりの欲しさに私は禁断症状のように身体が震えてきた。と同時にこのアバターマニアに対する怒りの感情を抑えることができなかった。

なぜこんな無名の奴が☆5のアイテムを身につけているのだ。私が女神になるはずだったのに！

私はできることなら全てのアイテムを奪ってやりたい想いだった。

再びアバターマニアからミニメールが届いたのはその三分後だった。私の『足跡』に気づいたらしい。

『ミチコさん、私のアバターを見ていただけたようですね。どうですか？　☆5のレアアイテムは。さすがのミチコさんでも当選できなかったようですね』

私は携帯を握り潰しそうになった。何だこのアバターマニアという奴は。私に喧嘩《けんか》を売っているとしか思えなかった。

その三十秒後、三つ目のメールが届いた。

『もしよかったらこのアイテム差し上げましょうか？』

私はその文面を見た瞬間動作が止まった。

挑発してきたと思ったら今度は差し上げるだなんて冷静に考えたら馬鹿にした行為だが、私はすぐさま返信していた。

『それは本当に？』

『やっと返信してきてくれましたね。嬉《うれ》しいです。

この☆5のアイテム、ミチコさんに差し上げてもいいですよ。でもタダというわけにはいきません。私のお願いを叶《かな》えてくれたら差し上げます』

お願い？　私には金しか考えられなかった。しかし好都合である。金ならいくらでも作れる。
☆5のためならたとえ一千万だって払ってもいい。
私は両手で急いでメールを打った。

『分かった。いくらほしい？』

『お金ではありませんよ。そんな簡単なお願いじゃありません』

だったら何だ。私は見当がつかなかったが☆5のためなら何でもするつもりだった。

『何をすればいい？』

そう返すと、アバターマニアはこう言ってきた。

『ここから先はアバＱの人間に見られるわけにはいかないので、私のメールアドレスを送ります』

その下にはアバターマニアのメールアドレスが書き込まれてあった。私は早くアイテムが欲しくてすぐにそのアドレスにメールを送った。

『で、何をすればいい？』

次のメールが来たのはおよそ五分後のことだった。

『返信ありがとうございます。これからミチコさんには三つのお願いをします。一つの条件をクリアされる毎に一つのアイテムを差し上げます』

なかなかその内容を言わないアバターマニアに私はジリジリとしてきた。

『分かった。それで何をすればいい？』

次の返信が来たのは十五分後のことだった。

『昨晩私は人を殺しました』

一行目を見た私は息を呑《の》んだ。

『横浜市の港南区に山林公園という場所があります』

山林公園といえば私の家の近くではないか……。

『その奥に森があります。更に進むとゴミの山となっているのですが、そこにタイヤが積まれています。その下に死体を埋めたのです』

ゴミの山……。

知っている。子供の頃父とその森に遊びに行ったことがあり、アバターマニアの言う通り奥に進むとゴミの山になっている場所が確かにあった……。

『完璧《かんぺき》に隠したつもりですが、いずれ発覚してしまうのではないかと不安になってきました。そこで一つ目のお願いです。ミチコさんにはその死体を掘り起こしてもらってバラバラに切断して海に捨てるか、燃やして灰にしてほしいのです。とにかく方法は何でもいいので死体を消していただきたい』

私はここまで読んだとき、やはりからかわれているのではないかと思った。

その私の気持ちを読んだかのように続きにはこう書かれてあった。

『決して冗談ではありませんよ。騙《だま》されたと思って行ってみてください。そこで私のお願いを叶えてくれれば☆5のアイテムを一つ差し上げます。くれぐれも人にバレないようにお願いします。それとこのことは絶対に誰にも言ってはいけませんよ。もし言ったら即ゲームオーバーですから。では私のお願いを叶えてくれることを期待しています。死体の処理が済んだら連絡ください』

私はアバターマニアの言葉に疑念を抱きながらもすぐにショルダーバッグを用意していた。その中にスコップとライターを入れて家を飛び出し自転車にまたがった。死体を処理しろだなんてバカげた話、アバターマニアに遊ばれているような気がしてならないが、私はどうしても超激レアアイテムが欲しくて念の為確かめずにはいられなかった。

アバターマニアが死体を埋めたという森に向かう途中、私は自動販売機で500ミリリットルの天然水を五本買ってそれを全て空にして近くのセルフスタンドで灯油を入れた。死体をバラバラにして棄てるよりも燃やした方が遥《はる》かに簡単だと私は判断したのだ。

死体を処理するための準備を終えた私は再び自転車にまたがり真夜中の道路を全力で走った。

自転車を漕《こ》ぐこと約十分、前方に山林公園が見えてきた。私は誰にも見られていないのを確認して公園の中に入り、その先にある森へと進んだ。

時計の針は十二時を回っているから辺りは不気味なほど静かだった。私は自転車を降りて暗闇の森を奥に進んだ。しばらく同じ様な景色が続くと、前方にゴミの山が見えてきた。昔見た時は空き缶とか雑誌とか小さなゴミばかりだったが、今はあの頃以上に酷《ひど》くなっており、錆《さ》びた自転車やボロボロになった家具、ゴルフクラブ、画面が割れたテレビ、壊れたラジカセ、小型冷蔵庫まで捨ててある。

その真っ暗やみのゴミの山の一角にタイヤが四つ積まれてある。ここだ！　と思い、タイヤをどけてショルダーバッグの中からスコップを取りだし土を掘った。

だが掘っても出てくるのは石ころばかりで死体なんて見えてこなかった。

この私をよくも騙したな、と憤り、携帯を開きメールを送ろうとしたその時である。携帯の明かりで見えたものがあった。その瞬間私は心臓が跳ねた。それが人間の肌だったからだ。更に掘ると青白く変色した手が見えてきた。アバターマニアが言った通り本当に死体が埋まっていたから私は一瞬驚いたが、すぐに興奮と喜びが沸き上がってきた。

やった、やったやったやったやった！

この死体を処理すれば、☆5のアイテムが一つ手に入る……。

私は無我夢中で土を掘った。白いTシャツを着た上半身が出てくると、やがて顔が見えてきた。しかし顔とは言えなかった。なぜならぐちゃぐちゃに潰《つぶ》されていたからだ。辛うじて耳だけは残っており、眼球まで潰れている。髪が長いので女と判断したが、短かったら性別すら分からないくらいだ。頭もボコボコに腫《は》れ上がっており赤黒い血で染まっていた。どうやら鈍器のような物で殴られて殺されたらしいがそれにしても酷い有様だった。アバターマニアはよほどこの女に怨《うら》みをもっていたらしい。

「私のアバターのために燃えてね」

死体に被《かぶ》さっていた土を全て払った私はショルダーバッグの中から灯油の入ったペットボトルを取り出しそれを全て死体にかけた。そして足元に落ちていた紙切れに火をつけて、死体の胴体に落とした。

灯油をたっぷりかけたから死体は瞬《また》く間に火だるまとなり皮膚がドロドロと溶けていった。

私は黒い煙を出して燃える遺体をじっと見つめていたが、急に異臭を感じ手で鼻をおさえた。最初は灯油の臭いだけだったのだが、何とも喩《たと》えようのない臭いに私はうんざりとした。早く骨になってしまえと頭の中で唱え続けた。

一時間後、ようやく遺体は骨だけとなり、私はその骨をスコップで粉々に叩《たた》き砕いて適当にその辺にまいた。そして掘った土を元に戻してタイヤも最初の通りに重ねて死体処理を完了させた。

私は汚れた手を叩いてショルダーバッグを持った。

自分の身体が小刻みに震えているのを知った。

でもこれで念願の☆5を一つ手に入れることができる。

私は一刻も早くアイテムが欲しくてこの場でアバターマニアに連絡しようと思った

が、ゴミ山はまだ異臭が充満している。この臭いに誰かが気づいてやってきたら元も子もない。

私は自転車にまたがって、急いでゴミ山を後にしたのだった。


アバターマニアからメールが返ってきたのは夜中の三時過ぎだった。

死体は灯油で燃やして骨は粉々にして処理した、と報告してから約一時間、私は暗い自室でじりじりしながら携帯を眺めていたのだった。

『ミチコさんありがとうございます。ミチコさんならきっと私の願いを叶《かな》えてくれると思っていました。ただこんなに早く処理してくださるとは思ってませんでしたよ。確認のためにお聞きしますが、死体は男性でしたか？　女性でしたか？』

『顔が潰れた女の死体だった』

そう答えればそれ以上確かめてはこないだろう。

『正解です。顔があんな状態だったから驚いたでしょう。怒りのあまりついあそこまでやってしまいましたよ』

アバターマニアの事情なんてどうだってよかった。

『それより早く約束のアイテムを渡してほしい』

催促するとすぐに返信がきた。

『そう焦らないでください。ちゃんと約束は守りますよ。今からミチコさんのアイテムバッグに一つ目のアイテムを贈りますね』

私はすぐにアバQにアクセスした。すると一分後に、

『アバターマニアさんからプレゼントを貰《もら》いました』

と表示が出た。

私はドキドキしながらアイテムバッグを確認した。すると確かに『女神の楽園』が贈られていた。

私は『女神の楽園』をクリックして画像を拡大させた。

天国のような場所に天使が舞い、その背後には七色の虹《にじ》が光り輝いている。背景だけでもの凄《すご》い存在感を放っていた。

ついに最高レア度の☆5を手に入れた私は身震いし、陶酔し、そして声を上げて狂喜した。

これで私は女神に一歩近づいたぞ……。

私はすぐにでも『女神の楽園』を組み合わせたかった。でもあえて試着もしなかった。なぜなら中途半端に組み合わせるのは私の美学に反するからだ。残りの『女神の竪琴《たてごと》』と『女神のドレープローブ』を揃えた時、アバターに着せようと思う。

アバターマニアは三つのお願いがあると言っていたが、私は早く次の望みを知りたかった。

『次は何をすればいい？』

しばらくすると、次の条件が書き込まれたメールがきた。

『あんな死体を見たら普通怖《お》じ気《け》づいてしまいますが、さすがミチコさんですね。あなたのアイテムに対するどん欲さには感服しますよ。では次のお願いです』

その下にはこう書かれてあった。

『ミチコさんにはもう一体、死体を処理してほしいのです。実は先ほど行ってもらったゴミ山にはもう一体死体が埋まっています。冷蔵庫があったと思いますがその下です。それを処理してくだされば二つ目のアイテムを差し上げます。ではよろしくお願いします』

メールを読み終えた私は舌打ちした。それなら一度に言えばいいものを……。

アバターマニアに弄《もてあそ》ばれているようでとても腹が立った。

それにしてもこのアバターマニアという奴は一体何人殺せば気が済むのだ。

まあいい。私には関係のないことだ。私は女神のコーデを完成させられればそれでいい。私は☆5のアイテムが手にはいるのなら、何体だって処理してやる……。

アバターマニアのメールを読み終えた時、時刻は三時半を過ぎていたが、私は翌晩まで我慢できず再びショルダーバッグを手にして家を出た。失敗したのは先ほど買ったペットボトルをゴミ山に捨ててしまったことだ。私は途中でまたペットボトルを買い、中味を捨ててセルフスタンドで灯油を入れてゴミ山に向かったのだった。

まだあれから二時間くらいしか経っていないから、死体を焼いた時に出た異臭に誰かが気づいて警官が付近をパトロールしているのではないかと心配したが、ゴミ山には誰一人としておらずしんとしていた。

私はゴミ山の傍に自転車を置いて、タイヤから少し離れたところにある小型冷蔵庫をどけてその下をスコップでひたすら掘った。

するとアバターマニアの言った通りもう一体死体が出てきた。上下赤いジャージを着ており、やはり顔はぐちゃぐちゃに潰されていた。この死体も線が細く髪が肩まであるから女性というのが分かった。

私は先ほどと同じようにペットボトルに入った灯油を死体にたっぷりとかけて火をつけた。

皮膚が焼け、骨が見えてきた時また異臭が鼻をついたが慣れたのか先ほどより苦痛には感じなかった。

死体が全て骨になった時、空は明るみだしていた。森にはカラスの鳴き声が響いている。

私は死体の骨をスコップで細かくなるまで叩き砕き、その骨を適当にまいた。

最初の死体処理とまるで同じ流れだから私は時間が戻ったような感覚になった。

掘った土と小型冷蔵庫を元の位置に戻して私は死体処理を終えた。

これで二つ目のアイテムを手に入れることができる。『女神の竪琴』と『女神のドレープローブ』、どっちだろうと胸が高鳴った。

あまりにも簡単に☆5のアイテムが手に入るものだから思わず一人で笑ってしまった。

あと一つ。あと一つで私は女神となれる……。

ゴミ山を後にして自宅に戻った私はすぐにアバターマニアにメールした。二つ目のアイテムが欲しかったのは勿論《もちろん》、最後の望みを早く聞いて全てのアイテムを揃えたかった。

しかしアバターマニアは寝ているのか、私が登校する時間を過ぎても返信はこなかった……。

＊

西園寺からその報告を受けたのは朝のホームルームを終えた直後だった。担任が出席名簿を読み上げている際、私は☆5のアイテムやアバターマニアのことで頭がいっぱいで、担任の声など全く耳に入っていなかったから気づかなかったのだが、〝今日も〟片山と仮屋が休みらしいのだ。そういえば全く気に留めることはなかったが、西園寺が言うように二人は昨日も学校を休み、集会にも顔を出さなかったのだった。

「昨日からずっと連絡しているのですが、どちらも繋《つな》がらないのです。道子様、二人に何かあったのではないでしょうか」

私はその時、数時間前に処理した二つの死体が脳裏をかすめた。

どちらも顔が分からなかったが、両方女性だったのは確かだ。

死体が埋まっていたゴミ山は、片山と仮屋が住んでいる家からも当然近い……。

ただそれだけだが、あの二つの死体は片山と仮屋なのではないかと私は思った。両方とも連絡がつかないのなら尚更《なおさら》である。

そういえばアバターマニアは二日前に殺したと言っていた。

私は二日前の夜を思い返した。早坂と川田の家を放火した信者の中に片山と仮屋はいたのか……？

「早坂と川田に復讐《ふくしゅう》した夜、片山と仮屋はどうしてた？」

「あの二人は実行メンバーではなかったので分かりません」

「そうか……」

仮にあの二つの死体が片山と仮屋だとしよう。そうするとアバターマニアは私に近い人物である可能性が高い。

だがもし本当にそうだとしても私にはどうだっていいことである。

片山と仮屋が死のうが、アバターマニアが近い人物であろうが私には関係ないのだ。

私はとにかく女神のアイテムが揃えばそれでいい。

「心配することはない」

私は西園寺に言って携帯を確かめた。

アバターマニアからの連絡はまだか！

西園寺が隣にいるから冷静を装っているが、私の心の中はメールを待ちすぎて嵐が吹き荒れている。


あれからずっと携帯を眺めていたが結局学校が終わるまでアバターマニアからメー

ルは来ず、返信が来たのは約十二時間後。私がちょうど自宅に着いた頃だった。

『返信遅れてすみませんでした。さすがミチコさん仕事が早いですね。まさかあの後すぐに処理してくださるとは思いませんでしたよ。ありがとうございます。では約束通り二つ目のアイテムを贈りますね』

私はすぐにアイテムバッグを確認した。

間もなく『女神の竪琴《たてごと》』がアイテムバッグに追加され、私はクリックして画像を拡大した。

私は七色に光り輝く竪琴を見て血が滾《たぎ》った。

これで残りはあと一つ。

セット服である『女神のドレープローブ』を手に入れればアバター同様私自身も最高位の女神となれる。そうなれば私の夢と計画は現実のものとなる。

信者たちだって早く私が女神となった姿を見たいことだろう。

私も今すぐにでも見せたいがもう少しの辛抱だ。

『最後の望みはなんだ？』

私は胸を高鳴らせてメールを打った。

すると二十分後に返信が来た。

『では最後のお願いです。最後は死体を処理するといった簡単なお願いではありませんよ。ミチコさんの側近に西園寺という女がいますね。その西園寺をミチコさんの手で殺してほしいのです』

そのメール文を読んだ私は呼吸と表情と動作が止まった。しかし心臓は張り裂けそうなくらい鼓動を打ち暴れている。

私は自分の目を疑ったが見間違いではなかった。

西園寺を、殺す……。

『今回は時間と場所を指定させてもらいます。時間は今日の夜十二時。場所は迷いましたがあなたたちが通う高見《たかみ》高校のグラウンドがいいですね。殺害方法はミチコさんにお任せします。殺害したら昨日と同じように燃やして処理してくださって結構です』

私の高校の名前と西園寺を知っている……。

最後の望みを知った私は、このアバターマニアという女が自分のことを知っていることと、昨晩の二つの死体は片山と仮屋だと確信した。

アバターマニアは片山と仮屋、そして西園寺に怨《うら》みを抱いている人物。そして私をも陥れようとしている。

『本気で言っているのか？』

『まさかこんなこと冗談では言いませんよ。最後のアイテムが欲しければ西園寺を殺してください。もちろん警察には言いませんからご安心を。

私について色々知りたいことがあるでしょうが、これ以上返信はしません。では今日の夜十二時、楽しみにしていますよ』

メールを読み終えた私はしばらく茫然《ぼうぜん》となった。

西園寺を殺せだなんて、アバターマニアは最後の最後に究極の選択を迫ってきた……。

西園寺は私のパートナーである。彼女はこの私のために色々と尽くしてきた。

でも西園寺を殺さなければ最後の『女神のドレープローブ』を手に入れることはできない。コンプリートしなければ、私はこれ以上高みに昇ることはできないかもしれない。

取り引きしているのは☆5である。二つの死体を処理した後、残りの一つも手中におさめられると考えた私が甘かった。

でも私は『女神のドレープローブ』が絶対に諦《あきら》められない。どうしても欲しい。欲しすぎて身体が痙攣《けいれん》するのだ。

しかしそのためには西園寺を犠牲にしなければならない。

タイムリミットは、七時間。

私は究極の選択を迫ってきたアバターマニアに憤慨しながらも、西園寺の命と、『女神のドレープローブ』とを天秤《てんびん》にかけた……。

夕方から降り出した雨が、日付が変わる五分前になるとピタリと止んだ。

体育館裏に隠れている私はビニール傘を閉じて壁に立てかけた。足元にはスコップとライターとペットボトルが入ったショルダーバッグが置いてある。私は再び正門に視線を向けて、西園寺がやってくるのを静かに待った。

私はこれから西園寺を殺す。

ギリギリまで迷ったがそう決断した。

天秤にかけた時、西園寺の命よりも『女神のドレープローブ』の方が重かったのだ。

やはり私は女神とならなければならない。

『女神の楽園』と『女神の竪琴』だけでは意味がないのだ。だから『女神のドレープローブ』を捨てることはどうしてもできない。

身体も正直だった。決心したと同時に安心したのかずっと続いていた痙攣が止まったのである。

西園寺の役目は松元にだって務まるが、『女神のドレープローブ』の代わりとなるアイテムは絶対にない。

『女神のドレープローブ』は私の人生に絶対に必要なアイテムなのだ。ここで断念したら私は死ぬまで後悔する。

西園寺だってきっと私が女神になることを望んでいる。そのためなら西園寺は命だって犠牲にしてくれるだろう……。

体育館裏から正門を見据えていた私は顔を引っ込めた。西園寺がやってきたのだ。約束の時間の三分前だった。雨はもう止んでいるのにまだ傘をさしている。

私は首にかけているタオルを手に取り再び顔を出し西園寺を見た。

校舎の前で足を止めた西園寺は傘を閉じて私を探し始めた。道子様、と微《かす》かに声が聞こえた。

ここから西園寺まで約三十メートル。私は一歩、二歩と少しずつ距離を縮めていく。しかし見つからないように近づいているのでなかなか進めない。私は一旦《いったん》花壇に身を潜めて西園寺を窺《うかが》った。

西園寺は相変わらず辺りをキョロキョロとしている。前髪が長すぎてどんな表情かは不明だった。

それから十分が過ぎ、西園寺はとうとう携帯を手に取った。私があまりに遅いから心配しているのだろう。しかし私は慌てなかった。この流れを想定して電源は切っている。

西園寺が携帯を耳にあてた、その時である。近くで車のクラクションが鳴った。その音に西園寺は肩を弾ませ音が聞こえた方に振り返った。

西園寺がこちらに背を向けたと同時に私は立ち上がり忍び寄った。

そして残り五メートルまで迫った時私は走った。西園寺がふと横を向いたからである。

ふいに背後から聞こえた足音に西園寺は振り向いた。一瞬向き合ったが私は素早く後ろに回って首にタオルを巻きつけた。

その瞬間西園寺は喉《のど》から、うっ、と声を洩《も》らし、右手に持っていた傘を地面に落とした。

「み、道子様……」

西園寺は掠《かす》れた声で言った。私は奥歯を噛《か》みしめて力一杯首を絞めた。ギシ、ギシとタオルから音が鳴った。

西園寺は必死にタオルを外そうとする。私は吊《つ》り上げるように持ち上げて、指一本すら中に入れさせなかった。

もがき苦しむ西園寺と一瞬目が合った私は顔を伏せた。そして、躊躇《ちゅうちょ》するな、殺せ、殺せ、と自分に言い続けた。

「道子様……どうして、ですか」

私は西園寺の耳元で言った。

「西園寺、悪いがお前には死んでもらわなければならなくなった」

「苦しい……道子様……苦しい」

「西園寺、お前を殺せば私は女神となれるのだよ」

「お願い、です。やめて、くだ、さい」

西園寺は声が段々弱々しくなっていく。

「道子様……たす、けて」

命乞《いのちご》いをする西園寺を見ていると、突然脳裏に彼女と過ごした日々が蘇《よみがえ》ってきた。

しかし私はすぐに記憶を振り払った。

「西園寺、私はアバターが全てなんだ。アバターに人生を賭《か》けているんだよ。そのことはお前が一番よく知っているだろう？　私はどうしても『女神のドレープローブ』が必要なんだよ」

「は……な……せ！」

西園寺の声色と態度が急変した。しかし暴れるだけの力はもう残ってはいなかった。

「お前はいつの日か私にこう言ったじゃないか。サークルを大きくするためにお手伝いしますって。お前が犠牲になってくれればサークルは日本中に拡大するんだよ」

少しだけ振り返ってみると西園寺の顔色は真っ青で顔中血管が浮き出ている。口からは泡が吹き出ていた。

西園寺はもうほとんど動かなかった。しかしまだ微かに息はしている。私は少しも力を緩めず最後まで絞め続けた。

「西園寺聞こえているか。私はもうじき最高位の女神となるのだ。お前だって嬉《うれ》しいだろう?」

西園寺はピクピクとしながら私の首に手を伸ばした。西園寺なりの最後の抵抗だった。

そしてこう言ったのである。

「ふざ、ける、な。わた、しは、わた、しは、おまえ、なんかの、ために……サー、クルを、作ったんじゃ……」

私は意味深な言葉に力を緩めてしまったが、その時西園寺はすでに息絶えていた。大きく見開かれた目は私を鋭く睨《にら》んでいる。歯も剝《む》き出しており、殺した私に恨み言を言っているかのようだった。

私はタオルを外し、肩で息をしながら西園寺を見下ろした。

耳には西園寺の最期の言葉が響いている。

西園寺は死ぬ間際に大きな謎を残した。どうやら西園寺は私に忠誠を誓っているフりをしていただけだったようだ。もしかしたら何かを企《たくら》んでいたのかもしれない。だが私にはそんなことどうだってよかった。それ以上に『女神のドレープローブ』を手に入れられることに心が沸いていた。

しかしまだ全ては終わっていない。西園寺を殺したことが発覚したら元も子もない。私は西園寺の死体を体育館裏まで移動させることにした。体育館裏なら日陰になっているし足場も整備されていないから焼け跡が目立たないと思ったからだ。しかし死体を引きずる作業は想像していた以上に苦しく、困難で、体育館裏まで運んだ私はあまりの疲労に立っていられずその場に崩れ落ちた。

やっと立ち上がれるまで回復した私はショルダーバッグからペットボトルを取り出して、中に入っている灯油を全身にかけた。そして西園寺の衣服に火をつけて、西園寺の死体を焼いたのだった。その途中で私はグラウンドに西園寺の傘が落ちていることに気がついた。私はすぐに傘を拾い、西園寺の死体の上に投げ捨てた……。

次第に炎の勢いは増し、西園寺は蠟《ろう》人形のようにドロドロと溶けていった。恐らく死体からはあの異臭が出ているだろうが、私はもう全く気にならないようになっていた。

全身の皮膚と肉が全て焼け、骨だけとなったのを確認した私は残り火を足で消してショルダーバッグの中からスコップを取りだした。

私は最初に頭蓋骨《ずがいこつ》から叩《たた》き割った。西園寺の眼窩《がんか》が私を見ているような気がしてならなかったからだ。

残りの骨も全て粉々にした私は深い穴をいくつも掘って土と混ぜるようにして埋めた。燃え切らなかった携帯や傘の骨も一緒に埋めて、土を被《かぶ》せて足で固めた。

西園寺の死体処理を終えた私はスコップをショルダーバッグにしまい、壁に立てかけてあるビニール傘を手に取った。そして西園寺の骨と私物が埋まっている足元を見た。

まだ西園寺の最期の言葉が耳に残っている私は、西園寺に何も言葉を残すことなくその場を去った。

自転車にまたがった私は一刻も早く『女神のドレープローブ』が欲しくて全力でペダルを漕《こ》いだ。そして自宅に着き私は早速アバターマニアにメールしようと携帯の電源を入れた。

しかし私が報告をする前にアバターマニアからメールが届いていたのである。

本文にはこう書かれてあった。

『今、最後のアイテムを贈りました』

アバターマニアは私が西園寺を殺したことをまだ知らないのに最後のアイテムを贈ってきた。

私はしばらくしてその答えを知った。

アバターマニアが時間と場所を指定してきたことをすっかり忘れていた。

つまりアバターマニアは、私が西園寺を殺害したのをどこかで見ていたのである……。

私はアバターマニアに返信することなくメールボックスを閉じた。全てのアイテムが手に入ればもうアバターマニアになど一切の興味はない。

私は暗がりの中アババQにアクセスしアイテムバッグを開いた。すると確かに『女神のドレープローブ』が贈られていた。

私は携帯を持つ手に力が入った。

これで女神の三点セットが揃ったぞ。

いよいよアバターに女神のアイテムを着せる時がやってきた……。

私はアバターが着ている洋服や持ち物、背景、ペット、高級品、そして頭につけている黄金のティアラをも外した。

一旦《いったん》アバターをTシャツ短パン姿にした私はまず『女神の楽園』を組み合わせ、次に『女神の竪琴《たてごと》』を右手に持たせ、そして今の今手に入れた『女神のドレープローブ』を着させた。しかしそれで完成させるのではなく、女神らしく髪型を『ロングストレート・黒』に変え、顔も『クールビューティー』に整形して下界を見下ろすイメージにした。

OKボタンを押すと、マイページの画面に女神となったアバターが映った。

私は眩《まぶ》しいほどに光り輝くアバターを見て、

「美しい」

と呟《つぶや》き、感極まって涙をこぼした。

とうとう私は女王を超え、正真正銘女神となったのである。

念願だった最高位の座、『神』になった私はミチコに今の思いを伝えた。

ミチコ、私はやっと女神になることができたよ。今私は人生で一番の幸せを感じてる。ミチコのように、雲の上から下界を見下ろしている気分だよ。

ミチコ、女神になるまで本当に長い道のりだったよ。ミチコのために必死にGを集めていた頃が懐かしい。

集めたGでアイテムを買って、レアアイテムをたくさん作って、苦労してやっと女王になって、そして今、女神にまで上りつめることができた。

私はミチコと話している途中なのに思わず、

「当然だよ」

と語気を強めて言った。

だって私は多くの犠牲を払ったんだから。

アバターマニアの命令に従い、片山と仮屋と思われる死体を処理して、最後は西園寺の命まで奪ったんだ。

ミチコ、私は殺人者となったけれど、それ以上に女神になれたことに満足している……。

段々笑いがこみ上げてきた。何もかもがうまくいくから愉快でたまらなかった。

私は再びアバターを見て唸《うな》った。

ああ、何度見ても美しい。どれも最高の美しさを放っているが、特に七色の繊細なフリルが豪華に飾りつけられているドレス、『女神のドレープローブ』は私を虜《とりこ》にした。

ただ最高位の座を手に入れたとはいえここで終わりではない。むしろ私の計画はここから始まるのだ。

これからサークルを一気に広げ、そして最後は日本を支配する。私はそれを実現させるだけの力を手に入れたのだ。

日本を制覇すれば全て私の思うがままだ。

日本中の人間が私を女神様と呼び、そして私が通るたびに跪《ひざまず》くのだ……。

その光景を思い浮かべた私は大声で笑い、女神のアイテムを身に纏《まと》った光り輝くミチコに、

「最高の気分だよ」

と言った。

6

夜が明けても尚《なお》、私は携帯画面に映るアバターを眺めている。一定時間見ているとアイテムの動きが止まるから、私は動きを止めないように一晩中トップページとマイページの移動を繰り返していたのだった。

いつしか時刻は七時半を過ぎていた。カーテンを開けると外はまた雨だった。携帯を閉じた私は制服に着替え化粧をなおし鞄《かばん》を手に取った。

玄関の扉を開けると松元をはじめ大勢の信者たちが迎えにきていた。

「道子様おはようございます」

松元が挨拶《あいさつ》すると他の信者たちも声を揃えて挨拶した。

私は信者たちを見渡して頷《うなず》いた。

「道子様」

松元は深刻そうな表情を浮かべて言った。

「西園寺さんがいらっしゃらないのですが、道子様に連絡ありませんでしたか？」

私は松元の目を見て首を振った。

「いや。私にはない」

「そうですか。先ほどから連絡しているのですが繋《つな》がらないのです。片山さんと仮屋さんも未《いま》だ連絡がつかない状態なので、もしかしたら何か」

「別に何もないだろう」

私は松元を遮った。

「そんなことより松元、今日の夜に集会を開く。他の者たちに伝えておけ」

「かしこまりました」

私は信者に鞄を渡し、列の先頭に立った。松元は西園寺のように私の斜め後ろに立ち、私が濡《ぬ》れないよう傘を差して歩いた。

大勢の信者とともに学校に到着した私は、グラウンドが目に入った瞬間昨夜の出来事がフラッシュバックした。特に西園寺の踠《もが》き苦しむ姿と、目を大きく見開いた死に顔が、私の脳に襲いかかってきた。

私は記憶を振り払い、西園寺を殺害した場所を一瞥《いちべつ》もせずに校舎の中に入ったのだった。

グラウンドにはいつものように赤い絨毯《じゅうたん》が敷かれ、私が通る道には何百本もの蠟燭《ろうそく》が立てられている。

朝礼台の前には大勢の信者たちが整列しており、シューシューとガスマスクから息の漏れる音だけが聞こえてくる。

いつもと同じ光景だが、私はこの日の夜、真っ白いシルクのロングワンピースに身を包んで信者たちの前に立った。

メイクはミチコと同じようにネイビーのアイシャドウで目を囲いクールな印象を出し、髪もストレートアイロンをかけて黒髪にいっそう艶《つや》を出した。

女神をイメージしたからもちろんガスマスクは外した。

いつもと雰囲気が違うことに信者たちはすぐに気がつきざわついた。私に見とれている松元はハッとなり、西園寺に代わって礼をした。信者たちは少し反応が遅れバラバラに頭を下げた。

私は信者たちを見渡しながら言った。

「今日は皆に大事な話があって集まってもらったが、その前に松元、前へ」

松元は急に呼ばれたことに少し戸惑いながら前に出た。

「何でしょうか、道子様……」

「松元、今日はお前に銀のガスマスクを授ける」

突然昇格を告げると松元は心底驚いた様子を見せた。

「私を、幹部にしていただけるのですか」

私は優しく頷いた。だが松元はまだ素直に喜べないようだった。

「しかし、二日前に銅のガスマスクをいただいたばかりですが、本当によろしいのでしょうか」

「もう少し先を予定していたんだが……」

西園寺がいなくなったから今日から私の右腕として働いてもらう、と私は心の中で言って、

「私がずっと抱いていた計画を成功させるためにはまずお前を幹部にする必要があると思ってな」

と説明した。しかしこれも嘘ではなかった。

「道子様、その計画とはなんでしょうか」

「松元、二日前に私はこう言ったろう。私は将来日本を支配すると」

「はい。仰《おっしゃ》いました」

「その計画を始動する時がいよいよやってきたのだ」

私はそう言って、今度は信者たちに顔を向けた。

「皆の者、ガスマスクを外せ！」

命令すると信者たちは一斉にガスマスクを外した。全員が外したのを確認した私は信者たちに向かって携帯画面を見せた。

『女神の楽園』『女神の竪琴《たてごと》』そして『女神のドレープローブ』を身につけたアバターを見た信者たちはどよめいた。後方の信者たちは前方の者たちからそれを聞くと我を失い、私にも見せてください道子様！　と犇《ひし》めき立った。

大騒ぎの中、松元は愕然《がくぜん》とし目を見開いて言った。

「み、道子様、それはレア度☆5の超激レアアイテムではありませんか！　ドリーム宝くじで一等に当選したのですね！」

私は頷いた。

松元は感動で目を滲《にじ》ませると信者たちを振り返り、

「この大事な時に何をしてる！　静かにしろ！」

と叫んだ。そして私に向き直り跪《ひざまず》いた。松元のその姿を見た信者たちも跪いた。

「道子様、おめでとうございます。全国で五人しか当選しない超激レアアイテムを手に入れられるとは、さすが道子様でございます」

「松元、とうとう私は最高位の女神となったのだ」

「はい、道子様」

「私は計画を実現させるだけの力を手に入れたのだ！」

「その通りでございます」

「そのためにはまずサークルの規模を横浜市内に広げる必要がある。その次は神奈川だ。徐々にサークルを拡大していき、最終的には日本を支配する。どうだ松元」

「素晴らしいです道子様」

「松元、お前に全てを任せてもいいか？」

松元は跪きながら頭を下げた。

「お任せください道子様」

私は跪く信者たちを見渡して言った。

「皆の者！　いよいよ私たちのサークルを世に知らしめる時がきた！　お前たちもどんどんメンバーを集めるのだ！」

信者たちは返事をしたが、その中に一人、

「女神様！」

と叫ぶ者があった。するとまた違う一人が女神様、と声を上げた。次第にその声は大きくなっていき、
最後は皆万歳するように手を上げて、女神様、女神様と頭を下げたのだった。

＊＊＊

大合唱が始まってから十分近く経つが、グラウンドにはまだ狂信者たちの声が響いている。その大合唱に酔いしれる阿武隈川は突然両手を広げて空を見上げた。あれが阿武隈川がイメージしている女神のポーズなのかもしれない。

あまりに馬鹿すぎて怒りを通り越して笑えてきた。

人を殺しておきながら何が女神だ。アバターごときで何が日本を支配するだ。自分が転落人生を歩んでいることにすら気づかず、むしろ昇っていると思いこんでいる。哀れであり、そして滑稽《こっけい》だった。

あの様子だと西園寺を殺した罪悪感はおろか、昨夜のことなどすでに忘れているのかもしれない。

全く恐ろしい女だよ。片山と仮屋を滅茶苦茶にして殺した私が言うのもどうかと思うが……。

携帯画面に映るTシャツ短パン姿のアバターに視線を落とした阿波野妙子はほくそ

笑んだ。その上には『アバターマニアさんのマイページ』とある。

阿波野は今、西園寺の骨が埋まった土の上に立っている。阿波野は憎しみを込めて地面をグリグリと踏んづけた。

一日経った今でも身体中がゾクゾクしている。自分が描いた復讐《ふくしゅう》計画がこんなにもうまくいったのは、アブコと☆5のアイテムのおかげだよ……。

アブコたちに全てのアイテムを捨てられ、アバターをTシャツ短パン姿にされるという最大の屈辱を受けて以来、私は部屋に閉じこもり、捨てられてしまった大事なアイテムを取り戻そうと、一からアイテム集めを始めた。しかし何百もあったアイテムを全て取り戻すのは苦痛で、一日二十時間以上携帯をいじる日々を送っているうちに、自分を裏切った片山と仮屋や、最大の屈辱を味わわされたアブコや、そして幼い頃から憎しみを抱いている西園寺を殺してやりたいという思いが膨らんでいった。

復讐を決意した私はまず片山と仮屋を殺すべく準備を始めた。準備といってもハンドルネームをアバターマニアに変え、片山と仮屋にコンタクトを取っただけだ。

一年の頃から知っていたが、アブコ同様、片山と仮屋も相当馬鹿な女たちだった。だって友達リストにもない知らないハンドルネームなのにもかかわらず、レア度☆4の超レアアイテムをプレゼントすると言っただけで何も疑わずに指定したゴミ山にやって来たのだから……。

私は夜中の十二時に片山を呼び、その一時間後に仮屋に来るよう指示した。

両方とも私の顔を見たら逃げ出すのは分かっていたから、ゴミ山に現れた瞬間に背後から忍びよりハンマーで頭を殴り、その後骨が割れるまで何度も殴った。どちらもすぐに死んでしまったから期待していたほど苦しむ姿を見ることはできなかったが、顔をハンマーでぐちゃぐちゃに潰《つぶ》している時は爽快《そうかい》な気分だった。かなり興奮していたから、あの時自分が何を叫んでいたのかすら思い出せない。

気づけば仮屋を埋めるための穴を掘っており、死体を埋めながら私はすでにアブコをどうやって殺してやろうかと考えていた。

しかし良い意味で予定が狂った。

次の日私に予想外の幸運がおとずれたのである。何日も前に宝くじを受け取っていたからそのイベントすら忘れていたのだが、ドリーム宝くじの一等に奇跡的に当選し、レア度☆5の超激レアアイテムを手に入れたのだ。

自分は奈落《ならく》の底に落ちた人間だから一等に当選するわけがないと決めつけていたが、神はまだ私を見捨ててはいなかった。

女神の三点セットを身につけた私は、ふとアブコの顔が浮かんだ。

奴は一等に当選したのだろうか。

いや、しているわけがない。

全国で五人しか当たらないのだから、アブコまで当選しているなんてあり得なかった。

その時私は新たな計画が思い浮かんだ。
☆5のアイテムでアブコを釣って、西園寺を殺させることができたらどれだけ快感だろうと思った。せっかく当選した超激レアアイテムを条件に出すのは少々勿体《もったい》ない気もしたが、アブコがそれ以外で動くとは思えなかった。仮にその計画が成功すればアブコを転落させることができるし、憎き西園寺が死ぬ瞬間を間近で見ることもできるからそれ以上の価値と満足感を得ることができる。
私はアブコの手で西園寺が殺される光景を想像しただけで身体が身震いした。

当初の計画では次にアブコを殺す予定だったが、私の最大の敵は西園寺である。

自分の手で殺してやってもよかったが、西園寺には今までにない苦しみと悔しさ、そして最大の屈辱を味わわせてやりたかった。それくらいしなければ、幼い頃からの怨《うら》みは晴れないと思った……。

私の父は横浜市内で印刷会社を営んでいる。小さい会社ではあるが景気は良く、三十人ほど社員を抱えている。

とても人当たりがよく仕事熱心で、従業員や取引先からも信頼を得ていて世間的には真面目で通っていると思う。

しかしこの父親がどうしようもない男で、そこで事務をしていた女と不倫関係になり、あろうことか母が私を妊娠している時に女にも孕《はら》ませたのである。

その女の名は西園寺光子《みつこ》といって、西園寺真琴は私の父の愛人の腹から産まれた女であった。つまり私とは異母姉妹というわけだ。

事実を知る前から西園寺光子のことは知っていた。会社に遊びに行くといつも私にジュースを出していたからだ。

背が高くてスタイルはいいが常にすっぴんで、だからといって決して顔がいいわけではなく、髪も一本に束ねているだけの地味な女で、父がどこに魅力を感じたのかは私には全く理解できなかった。

父と西園寺光子との関係を知ったのは私が小学校に上がる少し前のことだった。

その日私は母と一緒に遊園地に出かけたのだが私の体調が急に悪くなってしまい、お昼前に帰ることになった。

それが悪夢の始まりだった。

地元の駅で父と西園寺光子と西園寺が手を繋《つな》いで歩いていたのだ。

父は愛人を作り子供まで孕ませただけでなく、最悪なことに二人を隣町に住まわせていたのである。

父は西園寺光子のお腹に子供がいることを知らなかったらしく、西園寺光子が勝手に産んだんだと母に言い訳を繰り返していたがそんなもの通用するわけもなく、事実を知った母はショックとストレスで倒れ、そのまま寝込んでしまい、それ以来顔に表情がなくなり自分から話すこともなくなった。あれから約十年が経ち、当時と比べると随分よくなったとはいえ、母は昔のような明るい笑顔を見せてはくれない……。

私は当時五歳であったが母を苦しめる愛人と西園寺に怨みの念を抱いた。

特に西園寺には子供ながらに殺意をおぼえた。あんな奴と同じ血がながれているなんて絶対に知られたくなかったし、姉妹だなんて認めたくなかったから。

汚らわしい愛人と西園寺が消えれば幸せを取り戻せるのにと毎日二人を呪った。

その願いが通じたのか、中学三年の秋、西園寺光子が交通事故で死んだ。飲酒運転の車に轢《ひ》かれたのだ。それを聞いた時私は一つ怨みを晴らした想いだった。

しかしその約半年後、予想だにしなかったことが起きた。

高校の入学式に西園寺がいたのである。西園寺を見た瞬間私は身体の震えが止まらなかった。父の援助で暮らしている分際で、私の前に姿を現すだけでも我慢ならないのに、奴が同じ高校に合格した事実が許せなかった。これから三年間同じ空間で過ごすと思うと虫酸《むしず》が走った。

また、何らかのきっかけで異母姉妹だということが発覚するのではないかという恐れがあった。

もし西園寺と異母姉妹だということが世間に知れたら私は恥ずかしくて生きていけない。

私はこうして再び殺意を抱いたのだった……。

だから私は西園寺を執拗《しつよう》に虐《いじ》めた。当時は自分の手で殺すつもりはなかったから西園寺に自殺させようと思ったのだ。しかし西園寺は自殺するどころか一日も休まずに登校してきた。

いくらイジメを受けても西園寺は平気な顔をしていたが、奴も同じように私を怨んでいた。

でも自分一人では何もできない女だ。

そこで奴はアバターにのめりこむアブコに目をつけて近寄った。そしてアブコがベストドレッサーの称号を手に入れた時、アブコにサークルを作らせて、大勢で私に復讐する計画を思いついたのだ。しかしあの女は私を袋だたきにして学校を辞めさせただけでは気が済まなかったはずだ。最終的にはアブコをもっとうまく利用して、狂信者たちに私を殺させるつもりだったに違いない。あいつはそういう女だ。

だが運が味方したというのもあるが、私の方が一枚上手だった。

皮肉にも私の方がうまくアブコを操ったのだ。

最初から西園寺を殺させなかったのはアブコを信用させるためだ。まず片山と仮屋の死体を処理させて『女神の楽園』と『女神の竪琴《たてごと》』を渡しておけばアブコは私を信用するし、死体がなくなれば私にとっても好都合だし、そして何より最後の一つである、『女神のドレープローブ』への欲求を更に沸き立たせることができる。

しかしそこまで考える必要はなかったかもしれない。あの様子だと最初から西園寺を殺せと言ったとしてもアブコは実行に移したろう。

利用するはずだったアブコに殺されるとはあの女もさぞ悔しかったろう。しかもそれが私の命令だと知ったのならば、今頃地獄で屈辱を味わっているに違いない。

私は昨夜、校舎の陰に隠れてアブコたちが現れるのをドキドキしながら待っていたが、アブコがやってきた時私は最初それがアブコだとは分からなかった。しばらくして整形したのだと理解したが、私は笑いをこらえるのがやっとだった。アバターに人生を狂わされたアブコを見ているとおかしくてたまらなかったのだ。でも考えてみればそうさせたのは私でもある。だって私がアブコにアバQを紹介したのだから。

待ちに待った西園寺が現れてからは心臓は暴れっぱなしだった。

私は西園寺を見据えながら、もうじき長年の怨みを晴らすことができるよ、と母に心の中で言った。

アブコが西園寺に忍び寄る時、私はもう少し！　あと少し！　と胸の中で応援し、西園寺の首にタオルが巻かれた時、私は思わず拳《こぶし》を握っていた。そして西園寺の首を絞めるアブコに、そうだ殺せ！　殺せアブコ！　と頭の中で叫び、気づけば自分も西園寺の首を絞める真似をしていた。

西園寺が崩れ落ちた時私は身体中で喜びを表した。

完全に怨みが晴れたのは、西園寺が無惨に焼かれ、そして骨になった時だ。

私はアブコが西園寺の骨を砕いているところを眺めているうちに、昔の苦しみが思い出され思わず目に涙が滲《にじ》んだ。私はまた母に、これで全てが終わったよ、と心の中で報告したのだった。

こうして私は全ての復讐《ふくしゅう》を終えた。

その代わりに☆5のアイテムも全て失ったがもちろん後悔はしていない。むしろ満足しているし、それ以上の価値があったと思っている。

ただ心残りなのは、西園寺が死ぬ間際に残した言葉だ。離れた所から見ていた私は最後の言葉だけがよく聞き取れなかったのである。

それにしてもアブコは本当に恐ろしいくらい馬鹿な女だ。☆5のアイテムと西園寺の命を比べて、結果西園寺を殺してしまうんだから。

もう一日早く☆5が当選していれば自分の手を汚すことなく片山と仮屋も殺すこと

ができたかもしれないけれど、自分の思い通りに滅茶苦茶にして殺すことができたかられはそれでよしとしよう。

当初の計画ではアブコを殺す予定だったがその予定は変更する。殺人罪で牢屋《ろうや》に入れて人生を破滅させてやってもいいが、アブコが捕まれば自分も捕まる可能性がある。

それよりは、せっかく殺人者にすることに成功したんだから、またアバターマニアのハンドルネームでアブコとコンタクトをとり、弱みにつけ込んでうまく利用する方が利口だろう。

命令するのは何だっていい。狂信者たちを使ったっていいのだから。

何もかもが思い通りになるのを想像した私は思わずほくそ笑んだ。

アブコは頂点に立ったつもりだが、これからお前は私の操り人形となるのだ……。

＊＊＊

日本をこの手で支配するべく、サークル拡大計画を始動してからおよそ一ヶ月の時が過ぎた。

あの翌日から松元たちは横浜の各方面に動き出し、その一週間後、信者の数は倍に膨れあがった。

その勢いは更に増し、三週間後には四倍、そしてその十日後、信者の数はとうとう千を超えたのである。そのほとんどが女子であり中高生が中心だが、もちろん大学生や専門学生だっているし、中には三十代の者までいる。ベストドレッサーを獲得した頃から私を崇拝していた者も多かったが、やはりそれ以上に女神の地位の影響力が大きかった。女神アバターというだけで面白いように信者が集まるのである。

ただ千を超えたといってもまだ横浜のごく一部である。もうじき神奈川全体に規模を広げるつもりだが、その時には恐らく五千近くに膨らんでいるだろう。この勢いがあれば神奈川は言うまでもなく、近い将来関東地方全域にも拡大するだろう。

そうなれば各地方に支部を作り、支部長を置き、事務所を設置する必要があるだろう。いやその前に女神である私の神殿を作らせる方が先か。信者が何千にも膨らめば、決して難しいことではないだろう。

信者の数が千を超えて、最近私はこう思う。

もしかしたら私が想像しているよりも簡単に日本を支配できるかもしれないと。

実はそれはちっぽけな計画で、私の力なら世界制覇も夢ではないかもしれないと……。

崇拝する姿が。

私にははっきりと見えるのだ。世界中の人間が私の元に集まり、女神様、女神様と崇拝する姿が。

世界中には数多くの偉人が存在するが、私はその人物たちを超えて、最終的には伝説的存在となってみせる……。

週の初めはいつも気が乗らないのだが、私はこの日とても気分がよかった。信者の一人がドイツ車を所持しており、金曜日の集会で、今日から学校まで送り迎えさせていただきたいと懇願してきたからだ。

まだ八時にすらなっていないが、もうすでに松元と運転手は外で待機しているであろう。

車で学校に通うなんて女神らしいではないか。

校門前で私を待っている信者たちも今日は更に私を崇拝するだろう。

支度を終えた私は玄関の扉を開けた。

しかし家の前に車は停まっておらず、それどころか松元すらいない。いつも大勢の信者が迎えにきていたからもの凄《すご》い違和感があり、この世は私一人だけになってしまったのではないかと一瞬錯覚したくらいだ。

「どういうことだ……?」

私はすぐに松元に電話した。しかしいくら呼び出しても松元は出ない。運転手や他の信者にもかけたが同じだった。なぜか誰も出ないのである。

私は諦《あきら》めて携帯を閉じた。

おかしい。明らかに変である。私は腹を立てるよりも先に、何かあったのではないかと心配になった。

それから十五分も待ったがやはり松元と運転手はやってこなかった。私は苛立《いらだ》ちが募り始めたが、このまま待っていても来そうにないので、私は一人で学校へ向かうことにした。自転車を使おうとしたがそれは止めた。自転車に乗っている姿なんて信者には見せられなかった。

学校に到着した私はやはり何かがあったのだと確信した。校門前にも誰一人として信者がいないのである。金曜日の夜の集会ではグラウンドを埋めつくすほどの信者が集まっていたというのに……。

私は校門をくぐりグラウンドを歩いた。その時一人の信者を発見した。声をかけようとしたのだが、その前に信者が私を見た。しかしその信者は私に気づいても何の反応も示さず校舎の中に入っていってしまったのだ。

思わず立ち止まり茫然《ぼうぜん》となった。

女神の地位に上がってからは、信者たちは全員私が通るたびに跪《ひざまず》き挨拶《あいさつ》していたのに……。

その後も信者たちと顔を合わせたが、最初の者と反応が同じで皆『普通』だった。あれほど目をキラキラとさせて私を見ていたのに、全員が知らんぷりで通り過ぎていくのだ。

私はひとりでに、どうして、と呟《つぶや》いていた。

一体彼女らに何があったというのだ。私に気づいていないなんて絶対にあり得ないのになぜ……。

私はその時、女王になる前の自分の姿が脳裏をかすめた。認めたくないが今はまさにそれだった。今度は、時間が戻ってしまったのではないかと錯覚した。

私は段々信者たちの態度に腹が立ってきた。無視して通り過ぎた信者の顔は全て覚えている。奴らは全員除名だ！

私は怒りをあらわにして階段を上り廊下を歩いた。

その時である。二年C組の前に人だかりができていることに気づいた。

五十人以上はいるだろう。全員が熱狂し、耳を塞《ふさ》ぎたくなるほどの声を上げている。

私は何事かと近づいた。すると輪の中から松元直美が現れたのである。松元を囲んでいる生徒たちは皆私の信者だが、全員が私ではなく松元を見つめている。まるで憧《あこが》れの人を見るような瞳《ひとみ》だった。私はこの時、何かの間違いなのではないかと思った。

私は人ごみをかき分け松元に詰め寄った。

「松元、これは一体どういうことだ！」

松元を責めると信者たちは私を睨《にら》むように見た。

私は我慢できず信者たちを怒鳴った。

「お前たち何だその目は。この私にそんな態度をとって許されると思ってるのか！

お前ら全員除名だ！」

すると松元は上唇を浮かせて嫌な笑みを見せるとこう言ったのだ。

「いつまで寝言を言っているんですか。阿武隈川さん」

私は松元の態度に愕然《がくぜん》とした。

阿武隈川さん、だと……？

「お前まで……どういうことだ」

「残念ですが、あなたの時代はもう終わったんですよ」

時代が終わった？　混乱していた私はその意味が分からなかった。

「ど、どういうことだ」

松元は携帯画面を私に見せて、

「これですよ」

と言った。

画面には色とりどりの文字で『ＬＵＣＫＹ　ＬＵＣＫ☆』と書いてあってアバＱよ

りも派手で豪華なつくりだった。

「なんだ、それは」

「阿武隈川さんともあろう人が『ラキラク』知らないんですか？　この前の土曜日に開設された超大型SNSサイトですよ。もうとっくに登録しているもんだと思っていましたけど、そうですか、まだなんですか」

事実を知った私は足元から震えが襲ってきた。

「新しい、SNSサイト……？」

「いつまでアバQにハマっているんですか。はっきり言ってアバQなんてもう時代遅れですよ？　これからは『ラキラク』です。アバQなんかよりアバターの表示画面は大きくて鮮明だし、アイテムは綺麗《きれい》で可愛いし、サイトも大きいからみんなとっくに『ラキラク』に乗り換えましたよ。

つまりあなたがいくらレアアイテムを持っていようが何の魅力もなくなったというわけです」

私は現実を受け入れられなくて、説得力がないと分かっていてもこう叫んでいた。

「ふざけるな。お前まで除名されたいのか！」

松元は余裕の顔で言った。

「どうぞどうぞ、ご自由に。今までお世話になりました」

私を完全に馬鹿にする松元は急に真剣な顔つきと声色に変わった。

「阿武隈川さん、ご覧の通り今日から私の時代が始まったんですよ」

「何だと？」

松元は携帯をいじるとまた私に画面を見せた。

「昨日開設特別記念のイベントで十人しか当たらない『女帝のナイトローブ』という超プレミアムアイテムが当たったんですよ」

「十人しか当たらない、超プレミアムアイテム……」

私は松元の携帯画面を見ているが、あまりのショックでアイテムの詳細は一切脳には伝わってこなかった。

「ちゃんと見てくれていますか？『女帝のナイトローブ』。今日から私は女帝となったのです。もちろんサークルも作ろうと思ってます。阿武隈川さんも入りますか？今までお世話になったので、幹部にしてあげてもいいですよ」

松元はそう言うと私の携帯に『LUCKY LUCK☆』の招待状を送ってきた。

「さあ登録してください」

私は条件反射で登録していた。

登録を済ませると画面にはTシャツとジャージを着た女の子が映った。さあ早く私を着飾らせて、というように手を大きく広げている。それはアバQの最初とまるで同じだった。

私はTシャツジャージ姿のアバターを見て目の前が真っ暗になった。

私は誰よりもアバターを愛し、誰よりもアバターを進化させることを考え、誰よりも努力してきた。

そして最高位の女神となるために、最後は西園寺まで殺したというのに。

今まで積み上げてきたものが音を立てて崩れていく。

アバターに人生を捧《ささ》げてきたというのに、また最初からやり直しというのか……。

嫌だ。嫌だ嫌だ嫌だ嫌だ！　初期アバターなんかに戻りたくない！

私は怒りと悔しさと、そして恐怖で全身が痙攣《けいれん》し、右手に持っている携帯を落とした。

私は認めない。こんな事実絶対に認めないぞ！

私は女神なのだ。私にはまだまだやるべきことがあるのだ。

私の絶対的権力が崩れるわけがない！

「ふざけるな松元！　この……この……裏切り者が！」

私は松元にそう叫ぶと急に力をなくしてその場に倒れた。松元は私を見下ろして鼻で笑った。

薄れゆく意識とともに、私の女神アバターがどんどん遠ざかっていく。私は行かないでと手を伸ばしたが、やがて暗闇に消えていった……。

本書は二〇〇九年十一月、小社より刊行された単行本
『アバター』を文庫化したものです。

アバター

山田《やまだ》悠介《ゆうすけ》

角川文庫 17825

平成二十五年二月二十五日　初版発行

発行者―井上伸一郎
発行所―株式会社角川書店
東京都千代田区富士見二―十三―三
電話・編集（〇三）三二三八―八五五五
〒一〇二―八〇七八
発売元―株式会社角川グループパブリッシング
東京都千代田区富士見二―十三―三
電話・営業（〇三）三二三八―八五二一
〒一〇二―八一七七
http://www.kadokawa.co.jp

印刷所―廣済堂　製本所―廣済堂

装幀者―杉浦康平

や 42-11　ISBN978-4-04-100690-0　C0193

角川文庫発刊に際して

角川源義

第二次世界大戦の敗北は、軍事力の敗北であった以上に、私たちの若い文化力の敗退であった。私たちの文化が戦争に対して如何に無力であり、単なるあだ花に過ぎなかったかを、私たちは身を以て体験し痛感した。西洋近代文化の摂取にとって、明治以後八十年の歳月は決して短かすぎたとは言えない。にもかかわらず、近代文化の伝統を確立し、自由な批判と柔軟な良識に富む文化層として自らを形成することに私たちは失敗して来た。そしてこれは、各層への文化の普及滲透を任務とする出版人の責任でもあった。

一九四五年以来、私たちは再び振出しに戻り、第一歩から踏み出すことを余儀なくされた。これは大きな不幸ではあるが、反面、これまでの混沌・未熟・歪曲の中にあった我が国の文化に秩序と確たる基礎を齎らすためには絶好の機会でもある。角川書店は、このような祖国の文化的危機にあたり、微力をも顧みず再建の礎石たるべき抱負と決意とをもって出発したが、ここに創立以来の念願を果すべく角川文庫を発刊する。これまで刊行されたあらゆる全集叢書文庫類の長所と短所とを検討し、古今東西の不朽の典籍を、良心的編集のもとに、廉価に、そして書架にふさわしい美本として、多くのひとびとに提供しようとする。しかし私たちは徒らに百科全書的な知識のジレッタントを作ることを目的とせず、あくまで祖国の文化に秩序と再建への道を示し、この文庫を角川書店の栄ある事業として、今後永久に継続発展せしめ、学芸と教養との殿堂として大成せんことを期したい。多くの読書子の愛情ある忠言と支持とによって、この希望と抱負とを完遂せしめられんことを願う。

一九四九年五月三日

角川文庫ベストセラー

パズル　山田悠介

超有名進学校が武装集団に占拠された。人質となった教師を助けたければ、広大な校舎の各所にばらまかれた2000ものピースを探しだし、パズルを完成させなければならない!? 究極の死のゲームが始まる!

8.1 Horror Land　山田悠介

ネットのお化けトンネルサイトで知り合ったメンバー。心霊スポットである通称「バケトン」で肝試しをするために、夜な夜なバケトンに足を運んではスリルを味わっている——そう、あのバケトンに行くまでは!

8.1 Game Land　山田悠介

デートで遊園地にきたカップルは、ジェットコースターに乗り込んだ。その途端、「今から生き残りレースを始めます。最後の一人になるまで続きます」とアナウンスされた。果たして残酷なそのゲームとは!?

スイッチを押すとき　山田悠介

自らの命を絶つ【スイッチ】を渡され、施設に閉じ込められている子供たち。監視員の南洋平は、四人の〝7年間もスイッチを押さない子〟たちに出会う。彼らと共に施設を脱走した先には非情な罠が待っていて。

ライヴ　山田悠介

火曜の朝に始まった、謎のTV番組。『まもなくお台場よりレースがスタートいたします!』。予測不可能なトラップに、次々と脱落していく選手たち。彼らが命を賭けて、デスレースするその理由とは!?

角川文庫ベストセラー

オール　山田悠介

一流企業に就職したけれど、やりがいを見つけられずに辞めてしまった健太郎。偶然飛び込んだ「何でも屋」は、変な奴らに、変な依頼だらけだった。ある日、メールで届いた依頼は「私を見つけて」──!?

オールミッション2　山田悠介

生意気な後輩・駒田と美人の由衣が仲間に加わり、毎日が落ち着かない健太郎。そのうえ、相変わらずおかしな依頼ばかり。健太郎はだんだん由衣のことが気になってきたが、駒田も由衣を狙っている!?

スピン　山田悠介

ネットで知り合った、顔を知らない6人の少年たち。「世間を驚かせようぜ!」その一言で、彼らは同時刻にバスジャックを開始した! 目指す場所は東京タワー。運悪く乗り合わせた乗客と、バスの結末は!?

パーティ　山田悠介

小学校から何をするのも一緒だった4人の男子は、ずっと守っていた身体の弱い女の子を、大人にだまされ失ってしまう。それから幾月──彼らは復讐を誓い神嶽山に集合する。山頂で彼らを待つものとは!?

モニタールーム　山田悠介

無数のモニターを見るだけで月収百万円という仕事に就いた徳井。そこに映っていたのは地雷で隔絶された地帯に住む少年少女たちの姿で──!?

角川文庫ベストセラー

バッテリー　全六巻　あさのあつこ

中学入学直前の春、岡山県の県境の町に引っ越してきた巧。ピッチャーとしての自分の才能を信じ切る彼の前に、同級生の豪が現れ!? 二人なら「最高のバッテリー」になれる！　世代を超えるベストセラー!!

ラスト・イニング　あさのあつこ

大人気シリーズ「バッテリー」屈指の人気キャラクター・瑞垣の目を通して語られる、彼らのその後の物語。新田東中と横手二中。運命の試合が再開された！　ファン必携の一冊！

Another（上）（下）　綾辻行人

1998年春、夜見山北中学に転校してきた榊原恒一は、何かに怯えているようなクラスの空気に違和感を覚える。そして起こり始める、恐るべき死の連鎖！名手・綾辻行人の新たな代表作となった本格ホラー。

図書館戦争シリーズ①
図書館戦争　有川浩

2019年。公序良俗を乱し人権を侵害する表現を取り締まる『メディア良化法』の成立から30年。日本はメディア良化委員会と図書隊が抗争を繰り広げていた。笠原郁は、図書特殊部隊に配属されるが……。

図書館戦争シリーズ②
図書館内乱　有川浩

両親に防衛員勤務と言い出せない笠原郁に、不意の手紙が届く。田舎から両親がやってくる!? 防衛員とバレれば図書隊を辞めさせられる!!　かくして図書隊による、必死の両親攪乱作戦が始まった!?

角川文庫ベストセラー

角川文庫ベストセラー

退出ゲーム　初野晴

廃部寸前の弱小吹奏楽部で、吹奏楽の甲子園「普門館」を目指す、幼なじみ同士のチカとハルタ。だが、さまざまな謎が持ち上がり……各界の絶賛を浴びた青春ミステリの決定版、"ハルチカ"シリーズ第1弾！

初恋ソムリエ　初野晴

ワインにソムリエがいるように、初恋にもソムリエがいる?! 初恋の定義、そして恋のメカニズムとは……お馴染みハルタとチカの迷推理が冴える、大人気青春ミステリ第2弾！

DIVE《ダイブ》!!(上)(下)　森絵都

高さ10メートルから時速60キロで飛び込み、技の正確さと美しさを競うダイビング。赤字経営のクラブ存続の条件はなんとオリンピック出場だった。少年たちの長く熱い夏が始まる。小学館児童出版文化賞受賞作。

氷菓　米澤穂信

「何事にも積極的に関わらない」がモットーの折木奉太郎だったが、古典部の仲間に依頼され、日常に潜む不思議な謎を次々と解き明かしていくことに。角川学園小説大賞出身、期待の俊英、清冽なデビュー作！

愚者のエンドロール　米澤穂信

先輩に呼び出され、奉太郎は文化祭に出展する自主制作映画を見せられる。廃屋で起きたショッキングな殺人シーンで途切れたその映像に隠された真意とは!? 大人気青春ミステリ、〈古典部〉シリーズ第2弾！

角川文庫ベストセラー

クドリャフカの順番　米澤穂信

文化祭で奇妙な連続盗難事件が発生。盗まれたものは碁石、タロットカード、水鉄砲。古典部の知名度を上げようと盛り上がる仲間達に後押しされて、奉太郎はこの謎に挑むはめに。〈古典部〉シリーズ第3弾！

遠まわりする雛　米澤穂信

奉太郎は千反田えるの頼みで、祭事「生き雛」へ参加するが、連絡の手違いで祭りの開催が危ぶまれる事態に。その「手違い」が気になる千反田は奉太郎とともに真相を推理する。〈古典部〉シリーズ第4弾！

きみが見つける物語　十代のための新名作　スクール編　編／角川文庫編集部

小説には、毎日を輝かせる鍵がある。読者と選んだ好評アンソロジーシリーズ。スクール編には、あさのあつこ、恩田陸、加納朋子、北村薫、豊島ミホ、はやみねかおる、村上春樹の短編を収録。

きみが見つける物語　十代のための新名作　放課後編　編／角川文庫編集部

学校から一歩足を踏み出せば、そこには日常のささやかな謎や冒険が待ち受けている——。読者と選んだ好評アンソロジーシリーズ。放課後編には、浅田次郎、石田衣良、橋本紡、星新一、宮部みゆきの短編を収録。

きみが見つける物語　十代のための新名作　休日編　編／角川文庫編集部

とびっきりの解放感で校門を飛び出す。この瞬間は嫌なこともすべて忘れて……読者と選んだ好評アンソロジーシリーズ。休日編には角田光代、恒川光太郎、万城目学、森絵都、米澤穂信の傑作短編を収録。

「純愛」　愛読者カード

お買い上げいただき、ありがとうございました！
今後の編集の参考にさせていただきますので、
下記の設問にお答えいただければ幸いです。よろしくお願いいたします。

年齢　性別　ご職業

本書をお知りになったきっかけは？

1. 書店の店頭でみて　2. 雑誌（　）
3. テレビ（　）　4. ラジオ（　）
5. 魔法のiらんどをみて
6. メールマガジンをみて（　）　7. 友人・知人の紹介で
8. その他（　）

お買い求めいただいた場所は？

1. 書店　2. CD／DVD併設店　3. インターネットで　4. 新古書店・古本屋
5. その他（　）

ご購入の動機は？

1. 作品のジャンルに興味がある　2. 魔法のiらんどをみて
3. 友人・知人の口コミをきいて　4. 装丁が好き　5. 帯をみて　6. 書評・紹介記事をみて
7. その他（　）

お読みになった感想は？　1. とても満足　2. 満足　3. ふつう　4. 不満

ご意見・ご感想をお聞かせください。

いただいたご意見を本の帯または新聞・雑誌・インターネット等の広告に使用させていただいてもよろしいですか？　1. よい　2. 匿名ならOK　3. 不可

本書以外に、最近お読みになって面白かった本があればお書きください。

ご協力、ありがとうございました！

郵便はがき

お手数ですが
切手をおはり
ください。

103-0027

東京都中央区日本橋3-3-9
西川ビル4階

スターツ出版(株)　書籍編集部
「純愛」
愛読者アンケート係

(フリガナ)
氏　名

住　所　〒

TEL

FAX

携帯／PHS

E-Mailアドレス

職業
1. 学生(小・中・高・大学(院)・専門学校)　2. 会社員・公務員　3. 会社・団体役員
4. パート・アルバイト　5. 自営業　6. 自由業(　　　　　)　7. 主婦
8. 無職　9. その他(　　　　　)

今後、小社から新刊等の各種ご案内やアンケートのお願いをお送りしてもよろしいですか?
1. はい　2. いいえ

携帯電話からもアンケートにお答えいただけます。

※お手数ですが裏面もご記入ください。

角川文庫ベストセラー

きみが見つける物語　十代のための新名作　恋愛編

編／角川文庫編集部

はじめて味わう胸の高鳴り、つないだ手。甘くて苦かった初恋——。読者と選んだ好評アンソロジーシリーズ。恋愛編には、有川浩、乙一、梨屋アリエ、東野圭吾、山田悠介の傑作短編を収録。

きみが見つける物語　十代のための新名作　こわ～い話編

編／角川文庫編集部

放課後誰もいなくなった教室、夜中の肝試し。都市伝説や怪談——。読者と選んだ好評アンソロジーシリーズ。こわ～い話編には、赤川次郎、江戸川乱歩、乙一、雀野日名子、高橋克彦、山田悠介の短編を収録。

きみが見つける物語　十代のための新名作　不思議な話編

編／角川文庫編集部

いつもの通学路にも、寄り道先の本屋さんにも、見渡してみればきっと不思議が隠れてる。読者と選んだ好評アンソロジー。不思議な話編には、いしいしんじ、大崎梢、宗田理、筒井康隆、三崎亜記の傑作短編を収録。

きみが見つける物語　十代のための新名作　切ない話編

編／角川文庫編集部

たとえば誰かを好きになったとき。心が締めつけられるように痛むのはどうして？　読者と選んだ好評アンソロジー。切ない話編には、小川洋子、萩原浩、加納朋子、川島誠、志賀直哉、山本幸久の傑作短編を収録。

きみが見つける物語　十代のための新名作　オトナの話編

編／角川文庫編集部

大人になったきみの姿がきっとみつかる、がんばる大人の物語。読者と選んだ好評アンソロジーシリーズ。オトナの話編には、大崎善生、奥田英朗、原田宗典、森絵都、山本文緒の傑作短編を収録。